Saint Antoine

de Padoue

dans ses rapports avec les Anges, par le R. P. Jean de Ste-Eulalie, Franciscain.

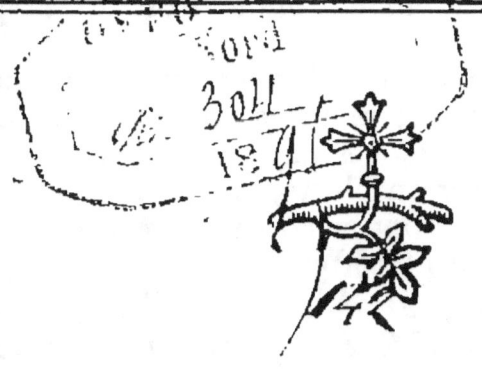

Se vend au profit de l'Orphelinat de S. Antoine

— CHEZ —

De Brouwer et Cie	et Maison Notre-Dame,
du Metz, 41,	à Saint-Antoine,
...E (Nord),	BRIVE (Corrèze).

Avantages accordés aux Bienfaiteurs du Pèlerinage de Brive.

1° Bénédiction apostolique accordée par le Souverain-Pontife Léon XIII ;

2° Bénédiction séraphique donnée par le R^{me} P. Ministre Général des Franciscains, successeur de saint François ;

3° Participation à perpétuité : — 1° aux fruits du Saint-Sacrifice célébré *chaque jour* dans le sanctuaire pour eux et pour les âmes du Purgatoire qui ont été dévouées à saint Antoine ; — 2° aux messes et offices des morts célébrés plusieurs fois chaque année pour les bienfaiteurs défunts ; — 3° aux prières spéciales faites au salut de T.-S. Sacrement, donné tous les mardis en l'honneur de saint Antoine, et six fois chaque jour pour les bienfaiteurs vivants et défunts ; — 4° aux nombreux avantages et privilèges spirituels accordés, par les Souverains-Pontifes, aux bienfaiteurs de l'Ordre franciscain. La plus petite aumône donne droit à ces précieux avantages.

Les noms des bienfaiteurs qui donnent une pierre de 100 fr. au moins, sont gravés sur les murs de l'église. On peut faire inscrire, comme bienfaiteurs, ses parents et ses amis *vivants et défunts*. On peut verser en plusieurs fois la somme offerte.

Les mêmes avantages sont accordés aux bienfaiteurs de l'orphelinat établi près des Grottes.

Adresser les aumônes, en mandats, lettres chargées ou bons de poste, à M. le Syndic du couvent des Grottes de St-Antoine de Padoue, Brive (Corrèze). Envoyer à la même adresse les aumônes pour messes, lampes et cierges à faire brûler au sanctuaire.

Comme *accusé de réception*, on enverra quelques prières ou quelques images de saint Antoine et de Notre-Dame de Bon-Secours.

N.-B. — *Donner, très lisiblement, sur chaque lettre, son nom et son adresse avec le bureau de poste, et pour les colis la gare qui dessert la localité.*

Les personnes qui envoient des dépêches doivent payer au bureau expéditeur, 1 *fr. en plus pour l'exprès du bureau de Brive aux Grottes.*

Saint Antoine de Padoue

dans ses rapports avec les Anges.

Notre - Dame de Bon - Secours vient délivrer, des attaques de Satan, saint Antoine de Padoue priant dans les grottes de Brive, en 1226.

Saint Antoine

⁂ de Padoue ⁂

dans ses rapports avec les

Anges, par le R. P. Jean

de Ste-Eulalie, Franciscain.

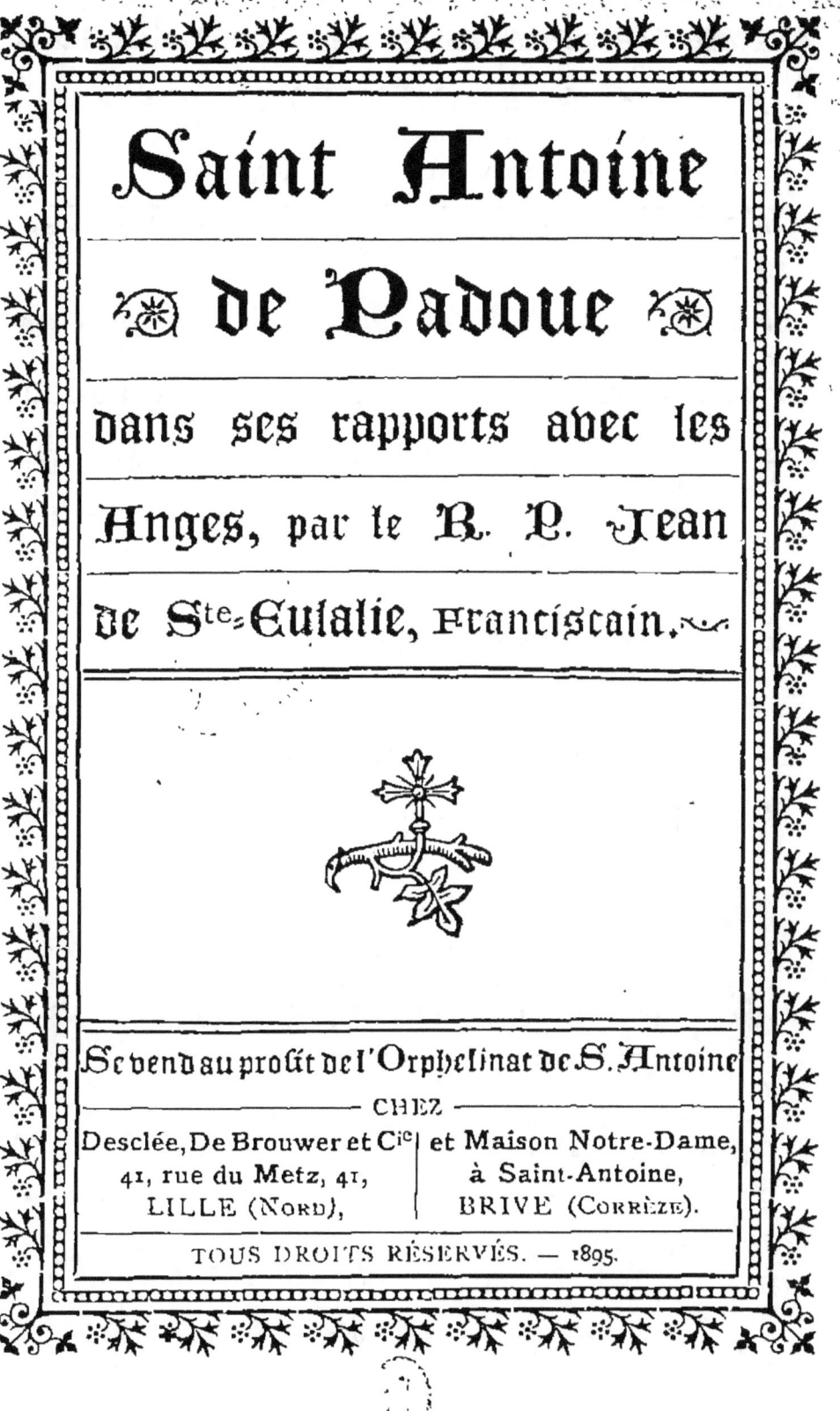

Se vend au profit de l'Orphelinat de S. Antoine

— CHEZ —

Desclée, De Brouwer et Cie, | et Maison Notre-Dame,
41, rue du Metz, 41, | à Saint-Antoine,
LILLE (Nord), | BRIVE (Corrèze).

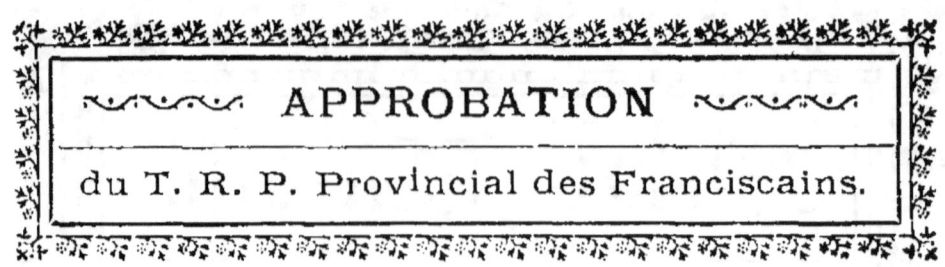

APPROBATION

du T. R. P. Provincial des Franciscains.

Vu les rapports favorables des Examinateurs sur l'ouvrage intitulé Saint Antoine de Padoue *dans ses rapports avec les Anges,* bien volontiers *nous l'approuvons en ce qui nous concerne.*

Bordeaux, 15 mai 1895.

Fr. THOMAS,

Min. Prov. de la Province de Saint-Louis, év.

 PERMIS D'IMPRIMER.

Cambrai, le 20 Juin 1895.

A. MASSART,

Chanoine, Vicaire-général.

~ AVANT-PROPOS. ~

LA vie d'un homme, ici-bas, commence au berceau, et finit à la tombe. La vie d'un saint s'épanouit au jour de sa sépulture. Courte, bien courte fut l'existence d'Antoine de Padoue sur la terre. Elle compte à peine 36 ans ; les dix dernières années sont consacrées à l'apostolat : le reste s'est écoulé dans la solitude, dans l'obscurité, l'âme ensevelie avec JÉSUS-CHRIST, en DIEU : et cet apostolat, lui-même, ne s'étend qu'à une très faible portion du monde connu : le midi de la France et l'Italie.

Que de vies plus longues, et dont les œuvres éclatantes promettaient un grand retentissement, passent, néanmoins, inaperçues, et s'éteignent dans la mémoire des hommes, avec le dernier bruit de l'existence ! *periit memoria eorum cum sonitu.* Mais le souvenir des saints, DIEU l'éternise dans son ciel, et l'immortalise

sur la terre. *In memoria æterna erit justus.* Pour
DIEU, ils se sont oubliés eux-mêmes : DIEU,
à son tour, les révèle à la vénération des peuples, et les glorifie après leur mort : *et in die
defunctionis benedicetur.* Et les 36 ans de cette
vie qu'Antoine de Padoue passa sur la terre
remplissent maintenant tous les temps : *con-
summatus in brevi explevit tempora multa :* ils
ont la durée des siècles.

Rapide fut son existence parmi nous ; et,
voilà que son histoire se continue encore. Elle
est traduite et racontée dans toutes les langues,
chez toutes les races ; de père en fils, à travers
toutes les générations ; elle a franchi les montagnes, les mers, les déserts ; elle s'est popu-
larisée dans tous les coins du globe terrestre.
C'est le saint du monde entier, a dit Léon XIII.

Et voilà que des merveilles nouvelles, des
grâces demandées, des bienfaits obtenus, des
remercîments, des miracles multipliés, viennent
ajouter, chaque jour, une page de plus à cette
histoire vivante ; et, par leurs témoignages

récents, confirmer les anciens. Les peintres, les poètes, les artistes, les philosophes, ont étudié, admiré, chanté cette histoire, s'en sont inspirés, et lui doivent leurs plus belles créations.

Infatigables moissonneurs, les historiens sont venus, à leur tour, recueillir sur ce champ si vaste, si fécond, des gerbes glorieuses. Des traits inconnus, des épisodes inédits, de charmantes anecdotes ont jailli sous leur plume, fournis par la tradition ou découverts dans de vieux parchemins ! D'autres viendront interroger l'expérience quotidienne des peuples pour lesquels le *Si quæris miracula* est vraiment le répons miraculeux continuel.

Je viens aussi composer ma gerbe dans cette immense moisson ; glaner quelques épis oubliés dans ce champ à la suite de tant d'ouvriers. Je viens aussi saluer l'ami de Jésus et des hommes, le cher saint Antoine ; l'admirer, le prier, le remercier, lui faire hommage de ce modeste recueil de louanges. Ce petit travail n'aura peut-être rien de nouveau et de personnel que le point de vue auquel j'envisage le saint: je veux dire, *dans ses rapports avec les Anges.*

Trop heureux serai-je si je puis ajouter, ainsi, un mot de plus à son histoire immortelle; une note nouvelle au cantique de la reconnaissance générale qui monte vers lui ; un accent de ferveur plus grande à la prière confiante qu'on lui adresse de toutes parts. Trop heureux, si je puis ainsi le faire connaître et aimer un peu plus ; mériter pour moi ses bonnes grâces pendant la vie, son secours et sa protection à l'heure de ma mort !

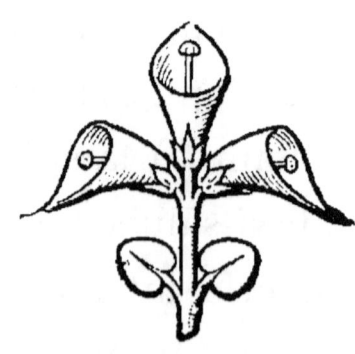

Nature des Anges. — Ange signifie *envoyé*. — L'existence des Anges attestée par les Saintes-Ecritures. — Grande division des Anges en trois Hiérarchies, dont chacune se compose de trois chœurs. — L'ensemble ravissant des armées du ciel. — La première Hiérarchie comprend les Séraphins, les Chérubins et les Trônes. — La deuxième, les Dominations, les Principautés, les Puissances. — La troisième, les Vertus, les Archanges, les Anges simplement dits. — Privilèges et fonctions de tous ces Esprits célestes, suivant l'ordre et la hiérarchie qu'ils occupent. — Epreuve des Anges : *factum est prælium magnum in cœlo* : les Anges fidèles et les Anges rebelles. — L'homme est appelé à occuper dans le ciel la place laissée vide par l'Ange rebelle : témoignages des Pères. — Traits de ressemblance et liens de fraternité entre les Anges et les hommes : *et erunt sicut Angeli in cœlis.* — Saint Antoine de Padoue dans ses conformités avec les Esprits célestes. — A quelle hiérarchie appartient-il ?... — Ses vertus. — Ses privilèges. — Division de cet ouvrage. — Portrait du Saint.

ES Anges sont des esprits célestes que Dieu a créés pour subsister sans être unis à des corps. Ils sont ainsi appelés plutôt à cause de leur ministère qu'en raison de leur nature. Ange, en effet, signifie envoyé. Ces pures intelligences, nous les comprenons sous la dénomination générique d'Anges, en tant que Dieu en fait ses administrateurs, ses ambassadeurs, selon qu'il est écrit dans le Psaume CIII, 4 : « De ces esprits célestes Dieu en fait ses Anges : « Qui facit Angelos suos spiritus. » Et encore : « Ils sont tous députés, et sont envoyés, comme d'office, vers les âmes qui sont appelées à l'héritage du salut *éternel.* » « Omnes sunt administratorii spiritus in ministerium missi propter eos qui hæreditatem capiunt salutis. » *(Ant. de l'office des SS. Anges.) — Ils prennent le nom d'Archanges, lorsque Dieu les envoie pour les affaires de la plus haute importance. C'est ainsi que Gabriel fut envoyé à Marie pour traiter du grand mystère de l'Incarnation.*

Il n'est pas de page dans la Sainte-Ecriture, où il ne soit fait mention des Anges et des Archanges ; le livre des Prophètes nous parle des Chérubins et des Séraphins ; saint Paul, dans ses Epîtres aux Ephésiens et aux Colossiens, énumère les Principautés, les Puissances, les Vertus, les Dominations, les Trônes (Ephés. I-21.) — (Coloss. I-16.)

Nous en concluons avec les Pères et les Docteurs de l'Eglise, que ces Esprits célestes se distribuent en trois hiérarchies, composées chacune de trois chœurs. Ces chœurs angéliques forment ainsi, suivant la nature de leurs fonctions, le rang qu'ils occupent, et, pour ainsi dire, leur vocation particulière, cet ensemble admirable des armées du ciel qui marchent sous les ordres du Verbe, cette ravissante harmonie qui renaît sans cesse dans l'éternelle extase, et redit, nuit et jour, devant l'adorable Trinité : « Saint, saint, saint est le Seigneur. »

La première hiérarchie des Esprits célestes se compose des Séraphins, des Chérubins et des Trônes.

La deuxième est formée des Dominations, des Principautés, des Puissances.

La troisième comprend les Vertus, les Archanges, les Anges.

La participation au plus haut degré à l'amour, à la sagesse et à la puissance de Dieu, est le partage et le privilège des Séraphins, des Chérubins et des Trônes, qui contemplent à la source même et dans son essence ces attributs divins. C'est pourquoi on les appelle Anges assistants ou contemplatifs.

Les Dominations, qui commencent les hiérarchies des Anges administrateurs ou exécutants, ont la haute juridiction sur l'accomplissement des desseins de Dieu, dont le secret leur est révélé par les Anges assistants. Ces Esprits célestes en gardent la direction et en distribuent les emplois et les offices aux Anges inférieurs.

Les Principautés ont la garde des nations, des provinces, des diocèses, des villes.

Les Puissances ont le pouvoir spécial de soumettre les esprits rebelles, et d'enlever les obstacles que les puissances du mal opposent à l'œuvre de Dieu.

Les Vertus opèrent en faveur des Élus, ces phénomènes que l'on voit dans les éléments, dans les airs, sur la terre et sur les mers, ces dérogations aux lois de la nature connues sous le nom de miracles.

Les Archanges sont les envoyés extraordinaires, que Dieu choisit et député dans les circonstances solennelles.

Les Anges sont les envoyés ordinaires et ont spécialement la garde de l'homme. — Tels sont les Esprits célestes. Ils ont tous leur privilège et leur mission : leur privilège est dans la communication que Dieu leur révèle, et dans la jouissance qu'il leur donne de lui-même et de ses attributs, dans la mesure et suivant le mode de leur ordination. Leur mission consiste à communiquer, à leur tour, pour le service et la gloire du même Maître, les dons, les lumières, les forces qu'ils puisent, soit directement à la source, soit indirectement et graduellement les uns des autres ; à les révéler ainsi à la terre, à l'humanité, à cette société, l'Église d'ici-bas, dans laquelle s'exécutent les desseins de Dieu.

Ces Esprits célestes furent, cependant, soumis à l'épreuve avant que d'être admis à la vision intuitive, à la possession éternelle du bonheur de Dieu. La troisième partie fut infidèle, et, Lucifer à sa tête, s'était révoltée dans son orgueil. Il se fit, dit l'Apôtre saint Jean, un grand combat dans le ciel. Michel avec ses Anges luttait contre le Dragon à la tête des siens ; et, le Dragon fut vaincu ; et ces esprits de révolte perdirent pour toujours leur place dans le ciel : « Factum est prælium magnum in cœlo : Michaël et Angeli ejus præliabantur cum Dracone et Draco pugnabat et Angeli ejus : et non prævaluerunt neque locus inventus est eorum amplius in cœlo. » (*Apoc.*)

Cependant, l'homme avait été créé : composé d'un corps et d'une âme, bien qu'en ce sens, il soit inférieur à l'Ange, qui est un pur esprit, il est néanmoins son frère et son cohéritier ; et, comme l'Ange, il doit jouir de Dieu, sa fin dernière : il est appelé à occuper dans le ciel la place restée vide, le trône déserté par cette troisième partie d'esprits célestes, qui fut infidèle dans l'épreuve. Mais l'homme lui-même transgresse la volonté de Dieu, se sépare de Dieu. Que fait Dieu ? Pasteur miséricordieux, il revient, Verbe humanisé, laissant sur la montagne ses 99 brebis restées fidèles, c'est-à-dire, selon la belle pensée de saint Grégoire, les Anges qui sont dans le ciel, pour aller à la recherche de la pauvre nature humaine, de cette brebis égarée dans le désert de ce monde. Que fait Dieu ? Ce que fit la femme de l'Évangile, qui, ayant dix drachmes, et en ayant perdu une, allume sa lampe, balaie sa maison, et ne se donne point de repos qu'elle ne l'ait retrouvée. Les neuf drachmes, dit ici saint Grégoire, représentent les neuf chœurs d'Anges ; la dixième drachme, c'est l'homme, que la Sagesse incarnée est venue chercher pour compléter le nombre des Élus. Que l'homme soit appelé à prendre la place de l'Ange déchu, c'est le sentiment unanime des Pères et des Docteurs de l'Église. Saint Isidore le déclare formellement en ces termes : « Le nombre des bons Anges, qui a été diminué par la ruine des mauvais Anges, se complétera du nombre des Élus connu de Dieu seul : Bonorum Angelorum numerus, qui post ruinam malorum Angelorum est diminutus, ex numero electorum hominum supplebitur : qui numerus soli Deo est cognitus. »

Cette révolte angélique a fait des brèches à chaque hiérarchie, a laissé des vides et des ruines dans tous les rangs, dans tous les chœurs des Esprits célestes. Les saintetés humaines devront donc fraterniser, même dès ici-bas, avec les saintetés angéliques ; s'associer, comme par des liens de ressemblance et de famille ; commencer sur la terre cette même vie qui s'éternise au ciel : et erunt sicut Angeli in cœlis. *Les Elus de Dieu devront donc, dans la mesure des grâces et des dons reçus, reproduire les vertus, et, si je puis parler ainsi, revêtir les mœurs de ces Anges dans l'Ordre desquels ils doivent entrer un jour ; avoir comme le même signalement ; porter, enfin, ce cachet de parenté auquel on se reconnaît, et par lequel on se ressemble. C'est une vocation dont le noviciat se fait sur la terre. Le ministère, les fonctions des Esprits célestes entrent dans l'exercice et font partie de l'office et des devoirs des Elus de Dieu ici-bas ; ces derniers sont ce qu'on pourrait appeler des Anges visibles ou humains : c'est pourquoi, ils ont reçu, pour accomplir leur mission, ces grâces d'état, ces privilèges, ces aptitudes, ces qualités, ces dons que Dieu distribue, dispense et proportionne à la mesure de la gloire qui attend dans le ciel ceux qui auront correspondu à leur vocation sur la terre*

Cette vérité admise, que les Elus de Dieu sont

appelés à occuper dans le ciel les trônes désertés
par les Anges déchus, il n'est point de doute que
saint Antoine de Padoue, l'ami de Dieu et des
hommes, appelé le Saint sur la terre, canonisé
l'année même de sa mort, ne règne parmi les
Esprits célestes. Mais, parmi ces Esprits célestes,
quelle est donc sa place ? A laquelle des trois
hiérarchies le Seigneur l'a-t-il appelé ? Et, dans
la hiérarchie qu'il occupe, à quel ordre encore, à
quel rang, à quel chœur appartient-il ? Autant
de mystères dont le secret est au Père céleste.
C'est la réponse que fit Jésus aux deux frères
Jacques et Jean qui lui demandaient à s'asseoir,
l'un à sa droite, l'autre à sa gauche dans son
royaume. Ce n'est pas là, d'ailleurs, le sujet qui
nous occupe dans notre modeste travail.

Notre étude, la voici : Quand on parcourt la
vie de saint Antoine de Padoue, on voit qu'il a
vécu d'une vie vraiment angélique, et qu'il a
pratiqué ces vertus qui sont l'apanage des Esprits
célestes : l'humilité d'un petit enfant ; l'obéissance prompte et absolue ; le détachement de tout
ce qui n'est pas Dieu ; la pureté inviolable ; la
charité ardente ; le désintéressement que rien ne
rebute ; le zèle que rien n'arrête ; la gloire du
Seigneur qu'il cherche avant tout et partout.

D'un autre côté, cette vie si admirable de
l'angélique Antoine de Padoue nous révèle par
ses privilèges, par ses dons, par ses attributs, par
ses grâces, des rapports si sympathiques, des
points de ressemblance si frappants, des confor-

mités et des analogies si vraies avec les prérogatives et les offices des Esprits célestes, à quelque
Ordre qu'ils appartiennent, qu'on ne peut s'empêcher de le considérer, même de son vivant,
comme étant de la famille de ces Esprits bienheureux.

L'abbé de Saint-André de Verceil a dit de
lui : « qu'il parcourait, dans son explication du
» livre de la Hiérarchie céleste, les divers Ordres
» des Anges avec une si grande netteté de con-
» ception, et une pénétration si surprenante qu'on
» eût dit qu'ils étaient devant ses yeux (1). » « Il
» s'élevait sur les ailes de l'inspiration jusqu'à
» ces régions sereines où la vie divine se mani-
» feste à découvert... il parcourait les groupes
» radieux des Esprits qui les habitent ; il se
» mêlait à leurs processions ; avec eux il se pros-
» ternait devant le trône de l'Agneau, en chantant
» le même cantique. Aussi il parlait admirable-
» ment d'un monde dont il était déjà citoyen (2).»
Il eut l'amour du Séraphin ; la science du Chérubin ; la fermeté du Trône ; ce coup d'œil qui
envisage les grandes destinées et en dirige les opérations : caractère des Dominations : cette énergie
invincible des Puissances célestes, dans leur lutte
contre les puissances des ténèbres ; ce don extraordinaire des miracles qui est la propriété des Vertus
des cieux; comme aux Principautés, la garde des
nations, des peuples, des provinces, des villes lui

1. Chalippe, Vie de saint François, vol. II, page 50.
2. R. P. At., Histoire de saint Antoine de Padoue.

fut et lui reste confiée. Il fut l'Archange de la bonne nouvelle pour tant d'âmes qui lui doivent le ciel, pour tant de pays dont les habitants sont dans l'ombre de l'erreur et de la mort ; il fut l'Ange qui veille, console, fortifie, éclaire, montre le chemin, se transporte lui-même à la manière des esprits, ou se trouve simultanément en plusieurs endroits à la fois, attentif et présent à l'appel de ceux qui l'implorent.

Tel fut saint Antoine de Padoue dans ses rapports avec les Anges, dont il partagea les privilèges, dont il partagea et continue encore la mission ici-bas.

Nous allons le suivre dans cette étude, dont voici la division :

1º Nature des privilèges et du ministère dont sont revêtus les Anges, selon la hiérarchie qui les distingue, ou le chœur qu'ils composent dans cette hiérarchie. Nous parcourrons ainsi successivement tous les Ordres, en commençant par les Séraphins, jusqu'aux Esprits célestes qu'on appelle simplement les Anges.

2º Ressemblance et reproduction que présente saint Antoine de Padoue, dans ses grâces et dans ses actes, des attributs et des offices qui appartiennent à chaque Ordre angélique.

Avant d'aborder l'étude de sa vie intime et de ses rapports avec les Anges, il nous est doux de saluer, d'après le portrait que les biographes nous en ont laissé, le saint populaire que les hommes ont vu, et dont l'amour est dans tous les cœurs.

« *L'héritier des Bouillon avait de quoi plaire au monde, dont la caresse prévient l'adolescent qui arrive. Il avait reçu en partage non la beauté, mais ce quelque chose qui la supplée avantageusement, la grâce répandue sur toute sa personne, et combinée avec une grande expression qui trahissait une âme royale. Sa taille n'était ni élevée ni svelte ; son teint était brun ; sa figure était maigre ; sous ses traits enfantins, transpirait une douce gravité. Son front était large ; le génie et la sagacité brillaient dans ses yeux ; les lignes de son nez étaient fines et allongées ; ses lèvres étaient* chaudes *et fortement colorées. Mais ce qui lui assurait, plus encore que sa physionomie, le succès facile que cherche la jeunesse, c'était sa fortune. Ferdinand de Bouillon en possédait une immense qu'il ne partageait pas avec d'autres. Il avait tous les bonheurs (1).* »

C'est alors qu'il quitta le monde. Sous le nom d'Antoine tout court, et sous les livrées du pauvre d'Assise, il entre dans cet Ordre naissant pour y chercher l'obscurité et l'oubli : c'est là que Dieu vint le trouver pour le glorifier et le rendre à jamais illustre devant les nations et les siècles.

---

1. R. P. Al., Vie de saint Antoine de Padoue.

~ LES SÉRAPHINS. ~

CHAPITRE I.

Privilège des Séraphins. — Dieu est amour. — La Création est une expression de cet amour. — L'homme le raisonne et le proclame. — Jésus-Christ, l'amour incarné. — Histoire de l'amour divin dans les phases de la Vie du Sauveur, et son développement jusqu'à la fin des siècles. — Office des Séraphins. — L'amour qu'ils puisent à l'essence même, en Dieu ; comment ils le communiquent aux Ordres angéliques ; aux hommes : Isaïe et le charbon ardent ; le Stigmatisé de l'Alverne ; la Séraphique du Carmel ; sainte Catherine de Bologne et le trisagion. Concert d'amour qui, de la terre, monte au ciel. — Antoine de Padoue, le Séraphin. — Analogie de son privilège avec le privilège des Séraphins. — *Dilectus meus mihi et ego illi.* — Comment il communique, à son tour, cette charité aux âmes : *aquæ multæ non potuerunt extinguere caritatem.* — Le *sitio* de Jésus sur la Croix. — Les industries de l'amour.

Totus in te sitiens,
Deus, ad te vigilans,
Exstitit de luce :
Tu fons indeficiens,
Tu lux illi rutilans
Qui sitis in cruce.
    (Antien. de Laudes).

Dans l'ardeur de l'amour qui le dévorait, ô Dieu, Antoine vous cherchait dès le matin : vous étiez pour lui la source intarissable où il se désaltérait, la lumière qui l'éclairait et dirigeait ses pas.

L A première hiérarchie angélique se compose des Séraphins, des Chérubins et des Trônes.

DIEU révèle à la contemplation de ces princes de sa Cour céleste son amour, sa sagesse, sa puissance, jusqu'à la cause première : et les introduit, si je puis parler ainsi, dans l'essence de son être. C'est pourquoi on nomme ces Esprits bienheureux, Anges assistants ou contemplatifs.

Aux Séraphins le privilège de vivre d'amour en DIEU lui-même qui est Charité, *Deus caritas est.*

(S. Joan.) Ils entrent, ils plongent dans ces mystères infinis ; à la cause première, ils puisent, ils
aspirent l'amour ; et devant ces abîmes insondables
de la charité divine s'alimente leur soif insatiable
d'aimer, d'aimer encore, d'aimer sans cesse. Cet
amour .éternise en même temps leur ivresse, et leur
inspire ces chants qui semblent mourir, pour toujours
renaître dans l'extase des cieux.

Nous ne connaissons, nous, de cet amour que ce
qu'il a plu à DIEU de nous en révéler, dans ses
opérations *ad extra*. Et déjà, cette révélation nous
étonne, nous confond, nous éblouit. Qu'est-ce que
la création sinon l'œuvre de l'amour ? Comme autant
de ruisseaux qui s'épanchent d'un océan sans rivages;
comme autant d'étincelles qui s'échappent d'un
foyer immense ; comme autant d'échos qui nous
arrivent du cantique qui se dit éternellement dans
le sein de DIEU ; comme autant d'effets d'une
cause première, toutes les créatures, et dans tout
l'univers, racontent cet amour, n'ayant pas elles-
mêmes d'autre raison d'être que cet amour.

L'homme le proclame plus haut ! il le raisonne.
Quel droit avais-je à l'existence ? Le Créateur de
toutes choses avait-il besoin de mon concours ? pou-
vais-je ajouter à son bonheur, à ses perfections,
aux qualités de son Être ? Non. Il est éternellement;
il se suffit infiniment : il est absolument libre ; et,
c'est librement qu'il m'a créé ; et il m'a créé parce
qu'il m'a aimé.

En me créant, il eût pu me donner une existence quelconque, dans le mode si varié des êtres ;
me tirer du néant comme pierre, plante, ou brute :
non, il m'a élevé au plus haut degré de l'échelle

dans la création : il m'a fait à son image et à sa ressemblance, en me donnant une intelligence pour le connaître ; un cœur, pour l'aimer ; une volonté, pour le servir ; et la liberté, pour le servir avec mérite.

De plus, c'est dans la grâce qu'il m'a créé, me rendant ainsi participant de sa nature divine : *consortes divinæ naturæ* (S. Pet.), et, venant de lui, c'est à lui que je retourne, comme à ma fin surnaturelle et suprême.

Au-dessus de l'homme JÉSUS-CHRIST proclame cet amour et l'explique. Il est l'Homme-DIEU. Il est cet amour, en tant qu'il est DIEU : *Deus caritas est.* Il est l'expression de cet amour, en tant qu'Homme. Verbe de DIEU, il exprime toujours et substantiellement le Père : « le Père et Lui sont un ; le Père est en Lui. » Verbe humanisé, il manifeste la charité divine. Il est le fond et la forme, de cet amour. Le fond, en tant que l'amour constitue l'essence de sa nature divine : la forme, en tant que, dans sa nature humaine, il épanche cet amour par la bonté. L'Incarnation avec tous les actes de l'humanité sainte ; la Rédemption, qui la complète ; la Sanctification, qui la consomme et la couronne sur la terre ; et, à travers tous ces mystères, les grâces, aux efficacités prodigieuses ; les sacrements, à la fécondité intarissable ; les mérites, à la source infinie : autant de témoignages de l'amour. Et l'histoire de l'amour se continue ainsi, jusqu'à la fin des siècles, par la transformation des âmes, par le changement des volontés, par l'acquisition des vertus, par la formation des saints, par la conversion du monde.

C'est l'amour qui se communique, qui se manifeste. Mais, enfin, cet amour, nous ne le connaissons pas en lui-même, dans sa cause, dans son principe, dans son être, en DIEU : nous ne le connaissons qu'en tant qu'il s'épanche, qu'il sort comme hors de lui-même et qu'il se révèle par ses effets. Nous savons que DIEU nous aime. Mais pourquoi nous aime-t-il ?... mystère. C'est de toute éternité qu'il nous aime ; c'est infiniment qu'un DIEU aime : mystère, mystère encore ; l'éternité n'a pas de commencement ; l'immensité n'a pas de limites ; l'infini pas de fond. Qui comprendra, dit S. Paul, la hauteur, la profondeur, la latitude, l'étendue de la charité divine ?...

C'est devant ce mystère, dont le voile s'écarte assez pour alimenter leur contemplation, que s'éternise l'extase des Séraphins du Ciel. A l'essence même de cet amour d'où procède tout amour ; à cet incendie qui consume, *ignis Deus consumens est*, et dont les foyers des tendresses humaines ne sont que des étincelles, se renouvellent, s'enflamment, s'embrasent les ardeurs de ces esprits bienheureux. DIEU se livre avec toutes les complaisances qu'il a pour les premiers-nés de son amour ; il les attire, il les introduit dans les mystères toujours nouveaux, dans les secrets toujours renaissants, de ses perfections divines : et, l'infiniment aimable est aimé des séraphins avec ce rassasiement qui fait leur bonheur ; avec cette avidité qui le renouvelle et qui l'éternise.

Tel est leur privilège.

Ils ont pour office de communiquer cet amour dont ils sont pénétrés, embrasés. Les hiérarchies et les ordres angéliques qui sont inférieurs, participent, ainsi, aux ardeurs, aux transports, à la jubilation des premiers princes de la cour, qui se tiennent devant Dieu.

Les hommes, à leur tour. Si Jésus, le Verbe incarné, l'amour humanisé, est venu mettre le feu à la terre, et si son désir est de le voir s'enflammer : « *ignem veni mittere in terram, et quid volo nisi ut accendatur* », c'est aux séraphins d'alimenter cette charité divine.

Ils sont les esprits de feu, les anges de flammes, les messagers de l'amour.

Ce sont, en effet, deux séraphins qui se montrent au Prophète Isaïe dans la vision qu'il raconte lui-même : « Ils étaient debout devant le trône d'Adonaï : l'un avait six ailes, et l'autre également six ; de deux, ils voilaient leur face ; de deux, ils voilaient leurs pieds ; et de deux ils volaient : et ils se criaient l'un à l'autre, et ils disaient : Saint, Saint, Saint est Jéhovah Sabaoth : toute la terre est pleine de sa gloire. Et au retentissement de cette voix, les dessus des portes du temple s'ébranlèrent, et la maison du Seigneur fut remplie de fumée, et je m'écriai : « Malheur à moi de ce que je suis réduit au silence, parce que je suis un homme impur des lèvres, et que j'habite au milieu d'un peuple impur des lèvres aussi. Et cependant mes yeux ont vu le Seigneur Jéhovah Sabaoth. » Alors il vola vers moi un des séraphins : dans sa main était un charbon de feu qu'il avait pris avec des pincettes sur l'autel, et il dit : « Voilà qu'il a touché tes lèvres : ton iniquité sera effacée et ton péché sera expié. » Les séraphins communiquent ainsi au Prophète la charité qu'ils puisent en Dieu ; cette charité qui couvre la multitude des péchés, et qui est symbolisée par le charbon ardent. Isaïe, en effet, se sentit tout aussitôt disposé à faire ce que le Seigneur voudrait de lui ; et, consumé d'un saint zèle, lorsque Adonaï demanda : « Qui de nous enverrai-je ? Me voici, répondit-il, envoyez-moi : *ecce ego, mitte me.* »

C'est sous la figure d'un séraphin que le **divin** Crucifié du Calvaire apparaît à François d'Assise ; le transforme à sa ressemblance, en imprimant sur sa chair les blessures de sa Passion, en même temps qu'il embrase son cœur des flammes les plus véhémentes de son amour. De là, le titre de Séraphin d'Assise qui s'ajoute au nom de François, **et** sous lequel il est reconnu et salué par les peuples. Son cantique de l'amour est comme le ravissement de son âme, qui déjà partage les transports **et** l'ivresse de ses frères du Ciel.

C'est encore sous la flèche d'un séraphin que le cœur de Thérèse de Jésus fut transpercé et **s'en**-flamma, lorsque, ne pouvant plus soutenir les assauts de l'amour divin, elle s'écriait : « Je meurs de regret de ne pouvoir mourir. »

Sainte Catherine de Bologne entendait, durant le sacrifice de la messe, le trisagion chanté par des personnages invisibles : la douce harmonie de **ces** chants était capable, comme elle l'avoua elle-même, de ravir son âme, et de la détacher de son corps. N'était-ce pas le concert des Séraphins dont l'écho venait mourir sur la terre à l'oreille de la sainte ?

Et toutes ces âmes qui ont aimé et qui, après avoir tout donné, tout abandonné, tout épuisé pour l'amour, ne semblent encore faire aucun cas de **tant** de sacrifices, *etsi dederit homo omnem substantiam*

pro dilectione quasi nihil despiciet eam, toutes ces
âmes de tous les siècles, ne sont-elles pas enflam-
mées des mêmes ardeurs séraphiques ?... n'ont-elles
pas été visitées par ces esprits d'amour, leurs amis,
leurs frères du Ciel ?

Antoine de Padoue dans ses rapports avec JÉSUS,
quel Séraphin ! Il traite avec le Verbe de DIEU, qui
lui apparaît et le visite sous les charmes d'un petit
enfant, comme un ami traite avec son ami. C'est
une familiarité qui saisit de stupeur, et, devant
laquelle on éprouve « comme un éblouissement de
l'impossible. » JÉSUS est sur ses bras ; se suspend à
son cou, se cache dans son sein, le regarde de son
regard qui aime. Sa main créatrice caresse le men-
ton, et passe sur le front de son angélique ami ; ses
doigts touchent les lèvres de l'Apôtre, et y sèment
ces paroles de feu, ces paroles d'amour, que le saint
prédicateur ira redire et faire épeler aux enfants des
hommes.

Antoine reçoit et soutient les assauts de cette
tendresse divine, avec cette naïveté charmante qui
semble ne pouvoir être étonnée de rien, et qui est
le partage des humbles. Il rend au Bien-Aimé ses
caresses ; il l'adore ; il le contemple ; il l'embrasse ;
il l'aime : oh ! il l'aime ! Pour lui, il a quitté un nom,
une famille, une patrie, un héritage de gloire, les
joies de la terre ; pour lui, il a sacrifié tout ce que
le monde estime, honneurs, richesses, plaisirs, et il
a embrassé tout ce que la nature redoute : l'obscurité, l'oubli, la soumission, le travail, la souffrance ;
pour lui, il s'est renoncé lui-même dans tout ce qu'il
a, dans tout ce qu'il peut, dans tout ce qu'il veut,

dans tout ce qu'il est. Il lui a offert sa vie en sacrifice, heureux de la répandre en flots de sang par le
martyre. Si telle n'a pas été la volonté de DIEU,
cette vie, du moins, il la lui donne, goutte à goutte,
et il l'épuise en sueurs à son service : vie mourante,
ou mort vivante, comme aurait dit l'Apôtre, *quotidie
morior*, elle est à son JÉSUS : ce cher DIEU est tout
son bien : *Deus meus et omnia*. Ce JÉSUS, ce cher
DIEU, il l'a dans ses bras ; il le presse sur son cœur :
Dilectus meus mihi ; et lui-même, il le sent, il appartient à ce JÉSUS, il est à ce cher DIEU : *et ego illi*.
Et ces deux âmes s'épanchent, et ces deux cœurs
s'échangent, ou semblent vivre l'un dans l'autre ; et
ces deux bouches se baisent ; et ces deux vies se
mêlent. C'est un colloque ; c'est le silence ; c'est
l'admiration ; c'est l'extase ; c'est le ravissement : il
y a de tout cela dans le ciel : et tout cela est presque le ciel sur la terre : mais tout cela échappe à
l'analyse : il est des sentiments qui défient les termes
du langage ; la plume se déclare incapable de les
traduire. JÉSUS, l'amour humanisé, se livre, s'abandonne dans les bras d'Antoine, à la mesure de l'avidité, des saints désirs, des véhémentes aspirations
de ce cœur, qui, lui-même, ne connaît ni mesure, ni
bornes : c'est l'infini qu'il aime, c'est l'infini qu'il
embrasse. Il aime, il est aimé : il le sent, il le sait.
Mais pourquoi donc est-il aimé ?... Il ne le demande
pas à son JÉSUS : il laisse à l'amour divin son secret.
Mais ce mystère est comme un aliment nouveau à
l'incendie d'amour qui consume les Séraphins du
ciel, et que ne peuvent maîtriser les Séraphins de
la terre. Aimons DIEU, dit saint Jean, car il nous
a aimés le premier : « *quoniam prior ipse dilexit nos.* »

Mais quand on aime, on ressemble à Celui que l'on aime : on l'aime de cet amour qui, de sa nature, s'épanche, se livre, se communique, « *amor sui diffusivus.* » Tel est, d'ailleurs, l'office des Séraphins : et tel fut le ministère de saint Antoine de Padoue.

Il aima les âmes de cet amour dont JÉSUS le fit participant pour elles ; de cet amour dont lui-même aimait son JÉSUS. Saint Paul porte un défi à toutes les créatures de le séparer de JÉSUS-CHRIST ; Antoine de Padoue renverse tous les obstacles, brave toutes les difficultés, quand il s'agit des âmes, la faim, la soif, la fatigue, les intempéries des saisons, les ruses, les menaces des uns, l'indifférence, l'impiété des autres, les pièges tendus sous ses pas, rien ne l'arrête ; et, lui-même, il entraîne les multitudes à sa suite. « Les auditoires de ce temps, dit un auteur (1), étaient des instruments de musique profonds et sonores. Plus d'une fois, les tribuns en abusèrent, en faisant appel aux passions dont les clameurs discordantes et sauvages épouvantent encore à six siècles de distance.

La main des saints, en se promenant sur le même clavier, en tirait des concerts immenses dont quelques notes sont arrivées jusqu'à nous. Antoine fut un de ces artistes divins qui connaissent l'âme populaire et il en faisait sonner toutes les facultés à l'aide de la parole sacrée. Son éloquence, mise au niveau de tous les rangs, de toutes les intelligences, à la portée de tous les âges, planait sur ces masses ; s'insinuait, comme une douce rosée, dans ces âmes ; réveillait ces consciences indifférentes ou coupables ; charmait, apaisait les passions. Au souffle de cette

---

1. R. P. At. *Histoire de saint Antoine de Padoue.*

âme séraphique, à cette parole de feu, la glace se
fond ; les larmes coulent, *flabit spiritus ejus et fluent
aquæ :* une douce et irrésistible chaleur gagne, pénètre des cœurs qu'on eût dit inaccessibles à tout sentiment : ils se rendent sans résistance. Antoine a
subjugué ces multitudes ; il a maîtrisé ces masses
aux flots mouvants ; l'émotion de ces âmes s'élève
comme la voix des grandes eaux, éclate en sanglots,
en cris, en actions de grâces, en transports, en
chants ; l'enthousiasme tient du délire : on acclame
le saint Apôtre, on le porte en triomphe. Et les
mêmes scènes se reproduisent chaque fois qu'il
apparaît ; chaque fois qu'il prend la parole : les
foules se renouvellent, les multitudes font place aux
multitudes, on l'a entendu, on veut l'entendre
encore. C'est que tous aiment à entendre le langage
de la charité. L'amour, voilà le secret de l'éloquence :
là est sa force, là, son prestige, là, sa victoire. Le
sitio de Jésus sur la croix, Antoine l'a entendu : ce
cri retentit, toujours, à son oreille : cette soif ardente,
intolérable du divin agonisant, il veut l'étancher ; il
l'endure, à son tour : lui, aussi, il est altéré ; lui,
aussi, il a soif des âmes. Et ces âmes sont là, devant
lui, écoutant sa parole : âmes des petits enfants, si
chéries de Jésus à cause de leur innocence ; âmes
des pauvres pécheurs, cherchées par Jésus avec
tant de fatigues et tant de larmes ; âmes qui souf-
frent, qui pleurent, et auxquelles Jésus a dit :
Venez à moi vous qui êtes dans la peine, et je vous
soulagerai ; âmes ferventes, qui ont faim et soif de
la justice ; âmes ignorantes, abandonnées, délaissées,
qui n'ont personne qui leur rompe le pain de la
parole divine ; âmes faibles, hésitantes, qui deman-

dent un appui, implorent un regard, un encourage-
ment, un secours, pour se soutenir, ou pour se relever : et nul ne se présente, « *quoniam hominem non
habeo...* » ces âmes sont là... innombrables, venues
de loin, de bien bas, peut-être... elles sont les rache-
tées de Jésus. Jésus les réclame... Comment ne pas
les donner, ne pas les rendre à Jésus ! Qui donc
arrêtera l'Apôtre ? Quels obstacles assez puissants
viendront s'opposer à son désir ? Quelle digue assez
forte pourra entraver son zèle ? Est-il donc quelque
chose d'impossible, de difficile à l'amour ? Rien.
L'amour se croit tout permis : il peut tout ce qu'il
veut : les grandes eaux des tribulations ne sauraient
éteindre ses ardeurs, ni les fleuves étouffer ses
flammes. Il prie ; il conjure ; il insiste ; il commande
au ciel, à la terre, aux éléments, aux créatures : et,
en sa faveur, la nature déroge à ses lois : il obtient,
il fait des miracles.

Les nuages chargés de foudres vont jeter le trouble dans l'auditoire réuni en rase campagne, aux
pieds du Saint : un signe d'Antoine, et pas une
goutte d'eau ne touche les auditeurs, tandis que la
pluie tombe par torrents à l'entour. Les hérétiques
se refusent à admettre la présence réelle dans l'Eucharistie : Antoine, pour les convaincre, pour les
convertir, commande à une mule de se mettre à
genoux devant le Sacrement d'amour et de l'adorer.
A Rimini, c'est aux poissons qu'il prêche, et la multitude accourue sur les bords de la mer, à cet
étrange spectacle, passe de l'indifférence au repentir
et à la conversion, et tombe dans les filets de l'heureux pêcheur d'hommes.

A Rome, des étrangers, venus de tous les pays,

entendent, chacun dans sa langue, Antoine qui leur prêche dans sa langue à lui : le miracle de la Pentecôte se renouvelle ; tous comprennent le langage de l'amour.

Ainsi, Antoine de Padoue remplit sur la terre l'office des Séraphins du ciel. Ajoutons que la nature l'avait merveilleusement doué pour ce ministère. « Une grâce merveilleuse était répandue sur toute sa personne : Dieu lui avait donné une langue pleine de faconde, une voix au timbre argentin qui retentissait au loin comme une trompette ; ce qui lui permettait de se faire entendre et comprendre de tous ces auditeurs (1). » Pour ce qui est de sa vie privée, « son commerce était doux et facile, sa conversation était tranquille (2); » il s'insinuait dans les âmes, par ses conseils, par ses exhortations et par ses larmes ; l'élégance, le charme de ses manières, le rendait agréable aux hommes : mais, consommé en prudence, fort et tendre à la fois, il se rendait agréable à Dieu par cette charité souple qui se mettait au niveau de toutes les misères, pour les soulager toutes, en les plongeant dans le sang du Christ béni. A ce prix il achevait par la parole intime le bien qu'il avait commencé par la parole publique, « donnant son temps et sa peine à qui en voulait, sans acception de personne..... Tant qu'il vécut on n'invoqua jamais en vain son secours. Après sa mort il continua à rendre des services aux âmes, comme le prouvent plusieurs faits indiscutables (3). »

_____

1. Vita anonyma. — 2. Id. — 3. Id.

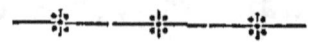

~ LES CHÉRUBINS. ~

CHAPITRE II.

La contemplation de la Sagesse en Dieu même, privilège des Chérubins. — Les reflets de la Sagesse divine dans ses œuvres : *Cœli enarrant gloriam Dei. Mirabiles elationes maris* : ordre parfait dans la création matérielle. ordre parfait dans l'ordre moral. — Providence de Dieu. — Office des Chérubins : comment ils communiquent les lumières qu'ils puisent à la source même, d'abord aux hiérarchies des Anges inférieurs, puis aux hommes. — Le Chérubin à la porte du Paradis terrestre ; les Chérubins d'Ézéchiel, dans la vision de saint Jean. — Les figures des Chérubins autour de l'Arche d'Alliance et dans le Temple. — Antoine de Padoue le Chérubin ; son privilège : *Sapientiam amavit.* — Ce que dit saint Bonaventure de la science d'Antoine, ce qu'en disent les historiens. — Comment le sage tire de son cœur l'ancien et le nouveau, et fait part de ses trésors. — Le *prédicateur insigne : l'Arche du Testament : l'Arsenal des Saintes Écritures : l'infatigable marteau des hérétiques : in medio Ecclesiæ aperuit os ejus. — O sidus Hispaniæ.* — Il enseigne la Théologie à Bologne, à Montpellier. — Ses écrits.

Qui dum sapientiam
Sæculi calcavit,
Prudens summi gloriam
Patris exaltavit.
     Liturg. franciscaine
     (Ant. des 1res Vêpres).

Antoine sut mépriser la sagesse du monde qui ne mérite pas ce nom : il préféra, en suivant les lois de la prudence surnaturelle, procurer la gloire de son Père céleste.

Ux Chérubins, la contemplation de la Sagesse divine en Dieu même. Tel est leur privilège.

Leur office est de communiquer graduellement aux hiérarchies inférieures, et, de là, aux hommes, les lumières qu'ils puisent à la source infinie.

Ils sont représentés se voilant de leurs ailes devant ces abîmes lumineux de la Sagesse éternelle, dont les secrets leur sont dévoilés, et demeurent cependant intarissables, insaisissables qu'ils sont dans leur cause première, DIEU, l'infini, qui, seul, peut se connaître totalement.

De là, pour les Chérubins, la source d'une félicité qui rassasie la capacité presque sans mesure de ces intelligences célestes ; et qui s'alimente à de nouvelles connaissances, à la découverte de mystères inconnus.

Nous ne connaissons, nous, de cette Sagesse divine, que ce qu'il a plu à DIEU de nous révéler, en proposant à notre intelligence la contemplation de ses œuvres ; en rendant comme visible à la raison et aux sens cette même Sagesse qui dirige, sous le nom de Providence, toutes choses avec force et douceur, et conduit, par les moyens qui lui sont propres, chaque créature à sa fin dernière.

Que l'homme sache lire dans ce livre de la création, il s'écriera avec le Prophète : « Seigneur, j'ai considéré vos œuvres, et j'ai été saisi de stupeur. *Consideravi opera tua, Domine, et expavi.* Et, s'élevant de degré en degré, sur l'échelle des êtres, jusqu'à l'Etre par essence, de qui chacun tient la vie, comme on remonte par les effets jusqu'au principe, à la vue de cette disposition admirable, de cet en-chaînement harmonieux de toutes choses, il chantera avec le Psalmiste : « O mon DIEU, que vos œuvres sont belles ! Votre nom est vraiment digne d'être loué dans tout l'univers ! *Quam admirabilia sunt opera tua, Domine !* » « *Domine, Dominus noster, quam admirabile est nomen tuum in universa terra !* »

Au premier aspect, cependant, il semble qu'il n'en soit pas ainsi. La terre offre, tout d'abord, au regard une confusion étrange, un immense pêle-mêle, un laisser-aller sans suite, sans logique, sans organisation, sans proportion ; ici, les hauteurs, là, les abîmes ; ici, les plaines fécondes, là, les déserts : fleurs et volcans, lumière et ténèbres, force et faiblesse... tout est confondu. Quel assemblage de contrastes ! Avouons-le, pourtant, il est beau, il est ravissant d'harmonie le cantique qui s'élève de la terre et de tous les points du globe jusqu'à Dieu : le jour le dit au jour, et la nuit le renvoie à la nuit. Chaque créature a sa partie de cette harmonie universelle, y donne sa note, y mêle sa voix. Tout est beau, tout est admirable dans l'ensemble, parce que chaque détail, dont se compose l'ensemble, est dans l'ordre et contribue à la perfection du tout. Il n'est pas jusqu'à l'atôme perdu dans l'immensité qui ne trouve sa place indiquée par le doigt de Dieu.

Qui dira l'harmonieux concert des mondes, qui, au-dessus de nos têtes, racontent, à leur tour, la gloire du Créateur ? Astres, feux voyageurs, étoiles, soleils, qui dira leur nombre ? A nos regards, ces constellations se mêlent, se pressent, criblent de leurs points brillants, et dans une éblouissante confusion, la voûte céleste : ces globes, cependant, sont les uns des autres à des distances incalculables : ces étoiles ont, chacune, leur nom, *stellis nomina vocat ;* chacune a jailli du néant à la voix du Créateur et a brillé devant lui avec joie : *et illuxerunt ei cum jucunditate*, et accourt encore à son appel, en disant : « Me voici. » Chacune poursuit, sans jamais dévier, sa route lumineuse, gravite, en chantant, sans jamais quitter le centre de ses ébats et de ses évolutions : une attraction mutuelle équilibre leurs mouvements et les règle à travers les distances. Et cette confusion apparente qui nous frappe d'abord, dans la disposition de ces mondes incalculables, n'existe pas en réalité : elle est, au contraire, le plus beau poème d'harmonie qui puisse s'écrire et se chanter : et chaque monde concourt, en gardant sa place, en exécutant sa note, à la beauté du cantique universel. « *Cœli enarrant gloriam Dei : et opera manuum suarum annuntiat firmamentum.* »

Et la mer, à son tour, n'offre-t-elle pas, au premier abord, le spectacle d'une confusion étrange, tandis que ses flots s'entre-choquent, que ses vagues menaçantes s'élèvent en montagnes, ou disparaissent comme dans des sépulcres sans fond ? Livrée à ses propres fureurs, on dirait qu'elle va, dans sa rage folle, tout envahir, tout engloutir : mais voilà qu'elle s'apaise comme par enchantement, et, léchant de son écume les bords du rivage, elle vient mourir doucement sur la grève : « Tu n'iras pas plus loin, lui fut-il dit : ici tu briseras tes flots écumants. » Et comme l'a dit le poète : « Un grain de sable la divise, l'onde écume, le flot se brise, reconnaît son maître et s'enfuit. » « Ces eaux, le Seigneur les a contenues dans le creux de sa main : il en a environné comme d'une ceinture les deux tiers du globe ; il les a enfermées dans des barrières infranchissables, il a pourvu à leur conservation en les empêchant de se corrompre (1). » Et dans ses bonds insensés, lorsque la mer s'élève pour franchir ses digues, c'est alors, surtout, qu'elle est belle, et Dieu est admirable sur ces hauteurs : « *mirabiles elationes maris : mirabilis in altis Dominus.* »

Si la création matérielle nous offre ainsi le spectacle de l'ordre parfait, si elle porte l'empreinte si

1. Rohrbacher, *Histoire de l'Eglise.*

visible de la Sagesse divine qui présida à cette œuvre, réglant toutes choses avec poids, nombre et mesure, ramenant, et chacun dans sa voie, à cette admirable unité d'ensemble, tous les êtres, quels que soient leur nombre et leur variété : pourrait-il en être autrement de cette création, incomparablement supérieure, des intelligences, des cœurs, des volontés, des âmes, des êtres libres, de l'homme enfin ?... Et, cependant, ici encore se présente, à première vue, cette même confusion que nous remarquons tout d'abord au spectacle de la création matérielle. Je vois sur le globe terrestre comme une fourmilière d'êtres humains qui vont, qui viennent, tournent, retournent, se rencontrent, se mêlent, rivalisent, s'acharnent, montent comme à l'assaut de l'inconnu : tous s'agitent, puissants et petits, savants, ignorants ; les uns, dans la lumière, les autres, dans l'ombre ; les uns, vivant peu, les autres, longtemps ; les uns, favorisés, les autres, disgraciés de la nature ; les uns, riches, heureux, jouissant, les autres, pauvres, souffrant, pleurant : tel est le spectacle que présente la société. Est-ce le hasard, est-ce la fatalité qui ont mis ainsi en face des conditions si opposées ? Est-ce au hasard ou à la fatalité que les uns et les autres doivent d'être ce qu'ils sont ?... Mais, le hasard, mais, la fatalité sont deux mots vides de sens ; que dis-je ? deux contre-bons sens en face de notre caractère, de notre dignité d'homme. Jouet du hasard, ou victime de la fatalité, l'homme serait le dernier des êtres de cette société, dont, cependant, il est le roi et le pontife. Si c'est le caprice de la fortune aveugle, ou la loi inéluctable du sort qui préside à nos destinées, nous n'y

changerons rien. Mais alors, pourquoi ces tentatives,
sans cesse renouvelées, de changements, de révolu-
tions dont l'histoire du monde nous offre le spectacle dans toutes ses phases ?... Avouons-le : au
milieu de toutes ces vicissitudes et dans cette confusion où l'homme s'agite, Dieu le mène. La même
sagesse qui préside à l'ordre de la création matérielle, règle et dirige l'ordre moral de l'humanité,
règne sur les empires, conduit à la fin qu'elle se
propose tous les événements, dispose de toutes
choses avec force et douceur. La même Providence,
vers laquelle tous les yeux sont levés et espèrent, et
qui, ouvrant ses mains, distribue la nourriture et la
vie à tout ce qui respire, veille sur nous avec une
sollicitude toute spéciale. Si elle envoie à la fleur,
pour la faire vivre, sa goutte de rosée, son rayon de
soleil, sa brise de printemps ; si elle prête l'oreille
à la voix des corbeaux qui l'implorent dès le matin;
si elle ne méprise aucune créature sortie de ses
mains, si infime qu'elle soit, elle n'a pas oublié
l'homme : « Tous les cheveux de notre tête sont
comptés, et pas un ne tombe sans sa permission. »
« Où irai-je, mon Dieu, s'écrie le Psalmiste, pour
échapper à votre regard ? Si je monte au ciel, vous
y êtes ; si je descends dans les abîmes, vous y voilà;
si je m'envole au-delà des mers, c'est votre main qui
me conduit, c'est votre bras qui me soutient. J'ai
dit alors : Je vais m'ensevelir dans les ténèbres ;
mais, voilà que les ténèbres ont pour vous l'éclat du
jour ; de loin, vous avez connu mes pensées, vous
avez entendu l'écho de mes pas ; votre regard a
suivi les allées, les venues, les sentiers de ma vie
tout entière ; la connaissance que vous avez de moi

est vraiment admirable et surprenante, et je ne puis rien pour m'y soustraire. »

Telle est la Sagesse divine qui nous est révélée et manifestée par sa Providence, et que les Chérubins contemplent cachée en Dieu, c'est-à-dire, dans cette cause première dont nous constatons les effets, dans l'Etre infiniment sage, qui voit dans le présent actuel ce qui, pour nous, est le passé et l'avenir. C'est à sa lumière que le flambeau de toute intelligence humaine a été allumé, et qu'il nous est donné d'étudier, de contempler, de louer le vrai, le beau et le bon, dont ses œuvres portent l'empreinte. C'est à sa lumière que les Chérubins du ciel pénètrent dans les mystères de cette Sagesse, et découvrent ces secrets qui les tiennent dans l'extase sans fin.

Leur office est de communiquer, selon les desseins de Dieu, aux anges inférieurs et aux hommes ces connaissances qu'ils puisent à la source même.

Nous voyons un Chérubin chargé de garder l'entrée du Paradis terrestre. Pourquoi un Chérubin et non pas un autre ange ? se demande Corneille de Lapierre... Veiller et voir de loin, répond-il, sont les deux qualités d'une sentinelle. Or, comme leur nom l'indique, les Chérubins possèdent ces qualités à un degré suréminent, même dans le monde angélique. (Corn. in Gen. III, 23.)

Ce sont des Chérubins qui apparaissent au Prophète Ezéchiel, dans cette vision mystérieuse qui déroule sous ses yeux l'ensemble de l'histoire du monde. Ils ont, chacun, quatre ailes, et, chacun, quatre faces. L'une de ces quatre faces a la figure du lion ; l'autre, de l'homme ; l'autre, du bœuf ; l'autre, de l'aigle. Un char à quatre roues, ou, plutôt, une roue à quatre faces, pleine d'yeux tout autour, et aussi d'une hauteur et d'une étendue formidables, était au milieu de ces êtres vivants : pour ceux-ci, ils allaient là où l'Esprit les poussait ; et ils ne se retournaient pas lorsqu'ils marchaient. Et, entre ces êtres animés, flamboyait un brasier mouvant ; et du brasier s'échappait la foudre. Ils allaient et ils revenaient comme la foudre étincelante... Au-dessus apparaissait comme un trône ; et sur ce trône comme l'aspect d'un homme : l'arc qui paraît dans une nuée en un jour de pluie, telle était la splendeur qui l'environnait. Ce divin emblème, n'est-ce pas l'univers tel que Dieu le gouverne, porté sur les ailes des Chérubins ? *qui sedes super Cherubim :* c'est là cette ressemblance de l'homme qui apparaît, parce que le Verbe devait prendre, un jour, la nature humaine, ce Verbe qui a créé l'univers et le soutient par sa parole. Dans l'ensemble de ces quatre Chérubins, avec le trône qui s'élève au-dessus, on peut considérer, tantôt l'univers entier, tantôt l'ensemble des empires de la terre, tantôt le peuple d'Israël, tantôt l'Eglise chrétienne : le monde étant une sphère dont le centre est partout et la circonférence nulle part, tout est pour Dieu le centre et le siège de son empire. Dans l'Eglise chrétienne, les Pères ont vu dans les quatre Chérubins, les quatre Evangélistes. Dans la face de l'homme, saint Matthieu, qui commence son Evangile par la généalogie du Christ, en tant qu'Homme ; dans la face du lion, saint Marc, qui commence par la voix de Jean criant dans le désert ; dans la face du bœuf, victime principale des anciens sacrifices, saint Luc, qui commence par Zacharie, remplissant les fonctions du sacerdoce dans le temple ; dans la face de l'aigle, saint Jean, qui, pour commencer, s'élève comme un aigle au-dessus des nues, jusque dans le sein de DIEU. Ils sont quatre : mais chacun se trouve dans les trois autres, et tous les quatre dans chacun. Il y a quatre évangélistes, et il n'y a qu'un Evangile. C'est le même Esprit qui les inspire, qui les pousse, qui les dirige. Ils sont pleins d'yeux : tout, jusqu'à un point et une virgule, y étincelle de vérité. Au milieu d'eux, est ce foyer divin d'où partent les étincelles, les courants électriques de la grâce, qui, éclairant les esprits, touchent les cœurs et renouvellent la face de la terre (1).

Quelque chose de semblable se présente à saint Jean, dans sa vision sur les destinées du monde et les mystères de l'avenir. Ces anges qui lui révèlent, comme en autant de tableaux vivants, ce qui doit arriver ; l'ange surtout qui les lui explique, et devant lequel l'apôtre veut se prosterner, ne sont-ce pas ces Esprits qui ont les secrets de DIEU et qui les communiquent aux hommes ?...

Les pages des Saints Livres nous mentionnent souvent d'ailleurs, soit la présence des Chérubins, soit le symbolisme de leurs attributs et de leur ministère. « Je te parlerai, dit le Seigneur à Moïse, du milieu des deux Chérubins (2). » — Salomon plaça des Chérubins dans le sanctuaire du Temple et les Chérubins étendaient leurs ailes (3).

« Les prêtres portèrent l'Arche sous les ailes des Chérubins (4). » « Le bruit des ailes des Chérubins

1. Rohrbacher, *Histoire Univ.* — 2. Exod. 25, v. 22. — 3. Reg. 6, v. 27. — 4. 3 Reg. 8, v. 6.

se fit entendre (1). » « Au milieu des Chérubins apparut comme la ressemblance d'une main (2). » « Vous êtes béni, mon DIEU, vous qui vous élevez sur les Chérubins (3). »

Saint Antoine de Padoue a vu de près cette Sagesse de DIEU, dans son expression la plus parfaite, dans ce Verbe humanisé qui est la lumière pour tout homme venant en ce monde, et qui nous est apparu, dit saint Jean, plein de grâce et de vérité. L'heureux privilégié a conversé avec cette Sagesse du Père, avec Celui par qui tout a été fait, et sans lequel rien de ce qui est n'a été fait. Il a appuyé son front sur ce front du Verbe fait chair, qui contient la science des siècles infinis. Il a vu dans ce regard pour qui rien n'est caché, et devant lequel l'avenir n'a pas de mystère. Il a entendu la voix de cette parole qui nomme toute créature, et à laquelle toute créature répond. Il a tenu dans ses mains ces mains d'enfant qui dirigent les mondes et cachent le fil de toute destinée. Il a demandé à sa bouche le secret de la science qui fait les saints, et à ses lèvres le don de communiquer cette science aux âmes. Ce que les Chérubins puisent de lumières dans ce Verbe caché en DIEU, Antoine de Padoue le découvre dans ce même Verbe exprimé, humanisé, incarné : principe et fin de toutes choses, c'est en Lui que la création s'élève jusqu'à DIEU ; car il a uni à la nature divine l'homme, abrégé de la création ; comme c'est en Lui que l'histoire du monde a sa raison d'être : il en est le centre, il la résume, il l'explique. Et devant ses yeux, et dans ses bras,

---

1. Ezech. 10, v. 5. — 2. Ezech. 10, v. 8. — 3. Dan. 3, v. 55.

voici le livre vivant, Jésus, qui révèle à son ami tant
de choses, et lui laisse soupçonner des révélations
mille fois plus ravissantes encore dans le ciel. En
attendant, il embrasse cette Sagesse qui lui apparaît,
qui se livre à lui sous les traits du plus beau des
enfants des hommes, il se rassasie de la contemplation de ses charmes, baigne son front aux flots
de sa lumière, s'environne de sa splendeur. « J'aime
la Sagesse, dira-t-il avec l'écrivain sacré, je l'ai
recherchée dès mon jeune âge : je me suis proposé
de l'avoir pour épouse, et je me suis passionné pour
sa beauté... C'est avec elle que j'ai résolu de passer
ma vie et d'habiter, sachant qu'elle me communi-
quera ses biens, et que, dans mes ennuis, elle s'en-
tretiendra avec moi. A cause d'elle, je serai recom-
mandable devant les multitudes, et, tout jeune, je
serai honoré des vieillards ; dans mes jugements, on
me trouvera sûr et pénétrant ; en présence des
savants, je serai remarqué ; et sur moi s'arrêteront
les regards des sages. Mon silence même sera éloquent : on attendra de moi une parole, et quand je
parlerai, les princes de l'éloquence s'arrêteront dans
leur admiration. L'immortalité s'attachera à ma personne, et je laisserai de moi un souvenir ineffaçable
à ceux qui viendront dans la suite des siècles. Au
sein de ma demeure, je reposerai avec la Sagesse,
car sa conversation n'a point d'amertume ; les rapports avec elle n'engendrent point l'ennui, mais ils
donnent la joie et le bonheur... J'ai désiré, et il m'a
été donné de la comprendre ; j'ai prié, et son esprit
est venu en moi. Je l'ai préférée aux trônes et aux
royaumes, et, auprès d'elle, toute autre richesse m'a
paru une vanité... Je l'ai mise au-dessus de la santé

et de la beauté : je me suis proposé de l'avoir pour guide, et de marcher à sa lumière, et sa lumière ne s'éteint pas. »

Le bienheureux Antoine, dit saint Bonaventure, posséda à lui seul toute la science des Anges, qui consiste à remplir les ministères divins ; celle des Patriarches, qui est la sagesse des voyageurs ; celle des Prophètes, dont la mission est de prévoir et d'annoncer l'avenir ; celle des Apôtres, qui n'est pas sans analogie avec celle des marchands, car, à leur manière, ils achètent le royaume des cieux ; celle des Martyrs, qui se rapproche de la sagesse des guerriers ; celle des Confesseurs ou des Docteurs, qui fait les maîtres ; enfin, celle des Vierges, qui est l'art de fuir le péché, et d'éviter le commerce des hommes.

De bonne heure, il s'était formé, et avait suivi, tout enfant, dans la cathédrale de Lisbonne, les cours de grammaire et de littérature : « il était versé dans la connaissance de l'antiquité païenne. Mais cette connaissance n'est que la parure de l'esprit humain ; pour le rendre puissant, il faut autre chose : le jeune Fernandez le savait bien : « aussi, ni la nuit, ni le jour, il ne s'accordait aucun repos : autant que les circonstances le lui permettaient, il était sans cesse occupé de la science divine, exerçant son esprit dans de saintes pensées et dans les méditations célestes. » L'Ecriture sainte était son étude de prédilection. Non content d'interpréter le sens littéral de la vérité historique, qui n'en n'est que l'écorce, il cherchait le sens plus sublime de l'allégorie : et, en s'enfonçant dans ses suaves profondeurs, il y trouvait un aliment pour sa foi... Il arrivait jusqu'aux moelles du texte sacré, avec une curiosité religieuse que rien ne pouvait ni lasser, ni amoindrir ; il en dégageait une belle philosophie qu'il conservait comme un trésor. Dès lors, soit qu'il en doutât, soit qu'il demeurât inconscient sous l'opération de la grâce qui le poussait à ses fins, il travaillait pour l'avenir. Le futur controversiste s'armait de pied en cap dans l'arsenal du Saint-Esprit : il faisait provision de maximes qu'il opposera plus tard aux erreurs des Manichéens avec un plein succès, et qui le rendront redoutable aux ennemis de l'Eglise. A l'étude de l'Ecriture sainte, il joignait celle des Pères. Les monuments de leur éloquence étaient constamment dans ses mains : il les parcourait avec attention et en tirait un grand profit. Sa mémoire était prodigieuse. Il retenait tout ce qu'il lisait. C'est ce qui explique pourquoi en peu de temps il fut si versé dans la science sacrée (1).

Mais le Sage n'enfouit pas son trésor quand il s'agit d'en révéler les secrets pour faire glorifier le grand Roi ! il n'est point égoïste et jaloux au point de garder pour lui seul sa science : mais, comme il le dit lui-même, il la communique sans envie, et l'Esprit-Saint loue et glorifie sa conduite en ces termes : « Celui qui sera instruit dans la science divine, brillera comme la splendeur du firmament ; et s'il forme ses semblables à cette science, il sera comme les étoiles à travers l'éternité. »

L'humilité d'Antoine le portait, cependant, à cacher le don de DIEU, quand une circonstance le mit au grand jour et révéla au monde la lampe ardente et luisante qui était sous le boisseau. L'his-

1. R. P. At. *Histoire de S. Antoine de Padoue.* — Vita anonyma.

toire nous raconte ainsi le fait qui eut un grand
retentissement, et qui fut le point de départ de
l'apostolat du saint.

« L'an 1222, et très probablement aux quatre-
temps du carême, qui tombaient cette année-là le
19 mars, veille du dimanche de la Passion, les
Frères du couvent du Mont-Saint-Paul s'étaient
rendus à Forli, en compagnie de plusieurs religieux
de Saint Dominique, pour y recevoir les ordres
sacrés. Antoine les suivit. Or, il était d'usage qu'avant
l'ordination, l'évêque adressât une exhortation aux
jeunes clercs pour leur faire comprendre la gravité
de leur démarche, la sublimité de leur état, et les
devoirs qu'il leur impose. Ce jour-là, l'évêque,
voulant sans doute honorer les enfants de Saint
François, choisit le gardien du Mont-Saint-Paul pour
porter la parole devant l'assemblée. Le gardien
empêché, on ne sait pour quelle cause, s'adressa
avec beaucoup de courtoisie à plusieurs Domini-
cains et leur demanda de prononcer le discours ;
mais tous s'excusèrent. Il n'eut pas plus de succès
auprès des siens, auxquels la prudence ne lui permettait pas d'imposer une tâche qui était au-dessus
des forces du plus grand nombre. Alors, le Saint-
Esprit le tira d'embarras. Il fut saisi d'une inspiration
soudaine ; et, se tournant vers Antoine, à qui personne ne pensait un instant auparavant, et lui moins
que tout autre, il lui enjoignit au nom de la sainte
obéissance de se lever, et de parler aux Ordinands.

Surpris par un commandement si peu attendu,
Antoine se troubla d'abord, et essaya de s'excuser.
Il était pourtant assoupli au joug de la discipline.
Il n'avait pas repris sa volonté depuis le jour où il

l'avait offerte en holocauste au pied de l'autel. Mais son humilité s'étonnait de l'honneur qu'on lui faisait. L'excessive défiance de ses forces était la raison dernière de ses hésitations. Dans ce combat où DIEU paraissait être aux prises avec lui-même, parce qu'il se montrait des deux côtés, la grâce l'emporta encore sur la nature ; et Antoine, esclave du devoir, se dirigea vers la chaire, après avoir reçu la bénédiction de l'évêque, priant DIEU dans son cœur de suppléer à son insuffisance. Il faisait ses débuts dans le ministère redoutable de la prédication. Il est écrit qu'il y a un temps pour se taire, et un temps pour parler ; il avait longtemps pratiqué la loi du silence, qui creuse les pensées et féconde les sentiments ; il ne souhaitait rien tant que de s'y condamner à perpétuité, heureux de s'entretenir avec son Créateur dans l'oraison, et satisfait d'être éloquent par ses gémissements et par ses larmes, qui n'attirent pas les applaudissements de l'opinion. Mais l'heure était venue de laisser éclater au dehors les trésors amassés dans son cœur, comme dans un grenier d'abondance, par la prière et par l'étude.

Antoine reçut sur-le-champ la récompense de son abnégation. Dans ce Cénacle de Forli, où l'Esprit-Saint planait sur un essaim d'âmes très pures, il vit se vérifier à son profit cet oracle évangélique : « Ne cherchez pas à arrêter d'avance ce que vous direz, ni comment vous le direz ; ce que vous devez dire, vous sera inspiré sur place : car ce n'est pas vous qui parlez, c'est l'Esprit de votre Père céleste qui parle en vous. »

Il prit pour texte de son discours ces paroles de

l'Apôtre : « Le CHRIST s'est rendu obéissant pour nous jusqu'à la mort. » Elles s'appliquaient très exactement à sa situation personnelle. Il parla comme s'il avait vieilli dans le métier. « Animé de la crainte de DIEU, il s'exprima d'abord avec simplicité ; mais à mesure qu'il s'avançait dans le développement de son sujet, il employa un langage si brillant, il s'éleva à une telle hauteur dans l'exposition des doctrines mystiques, qu'il plongea tout son auditoire dans l'admiration, autant à cause de son éloquence, qui était une surprise, qu'à cause de sa parfaite charité, dont on resta très édifié. On avouait tout haut qu'on n'avait jamais entendu un pareil discours. Au milieu de l'enthousiasme général, les cœurs étaient remplis de consolation. A partir de ce moment, les Frères entourèrent de vénération celui dans lequel ils venaient de découvrir, comme par un miracle, la lumière de la divine Sagesse, qui se conciliait chez lui avec une si remarquable humilité. »

Nous nous sommes complu dans les détails de cet événement, parce qu'ils sont comme autant de signes de la vocation d'Antoine à l'apostolat ; parce que nous y trouvons comme une triple consécration du Ciel pour le ministère dont il est revêtu dès ce moment : annoncer aux âmes le règne de DIEU et sa justice, leur faire connaître la grâce et la vérité de son Verbe.

La vocation à l'apostolat porte en effet, dit saint Bonaventure, comme un triple caractère : l'autorité de celui qui envoie, le zèle pour les âmes dans celui qui est envoyé : l'amendement ou la conversion des auditeurs. Il est l'envoyé du Père : « Comme mon Père m'a envoyé, ainsi je vous envoie. » Il est l'envoyé du Fils, car l'apôtre ne se prêche pas lui-même, mais il prêche JÉSUS-CHRIST. Il est l'envoyé du Saint-Esprit, dont il dispense les fruits et les dons aux fidèles : « Je vous ai appelés, afin que vous alliez et que vous portiez du fruit. » Il est ainsi l'élu de la Trinité et, avec raison, il peut dire : « L'Esprit de DIEU est sur moi, et c'est lui qui m'a consacré. » Et telle est la triple consécration d'Antoine de Padoue.

C'est DIEU qui l'appelle et qui le désigne providentiellement par la voie de son supérieur ; sauver les âmes, en leur annonçant JÉSUS et son Evangile, c'est la fin unique qu'il se propose ; les conversions sans nombre qu'il opère prouvent l'efficacité de sa parole et le caractère divin de sa mission.

Dans cette circonstance mémorable, il prélude, en quelque sorte, à ce vaste et glorieux ministère qu'il va remplir bientôt, et qu'il continuera jusqu'à sa mort, auprès de toutes les classes de la société. Il est le chérubin qui voit de loin, qui éclaire, qui illumine. Le jour n'est pas éloigné où le jeune apôtre, désigné par toutes les voix, appelé par tous les désirs, viendra faire entendre sa parole dans la Ville éternelle, dans ce centre d'où la vérité rayonne sur toutes les plages du monde : les princes de l'Eglise se rangent autour de sa chaire : Grégoire IX à la tête de la cour romaine, se plaît à l'entendre, et, émerveillé de sa science sur les Saintes Ecritures, il l'appelle l'*Arche du Testament.* Ailleurs, son amour pour la vérité qu'il défend, sa guerre à outrance contre l'erreur qu'il poursuit, lui mériteront le glorieux surnom de *marteau des hérétiques.* « Dans l'Eglise de DIEU, il occupe une place distinguée à côté des docteurs : *In medio Ecclesiæ aperuit os ejus.* Il n'a point reçu officiellement, il est vrai, le titre de docteur, comme saint Bonaventure son contemporain et son admirateur. Toutefois, l'Eglise célèbre en son honneur, et le jour de sa fête, la messe réservée aux docteurs, et, par le fait, lui en reconnaît la sagesse et l'autorité. *Implevit eum Dominus spiritu sapientiæ et intellectus.* Il est salué, dès le début de ses missions, sous le titre de *trompette évangélique;* surnom qu'on lui donne encore avec amour. Il est proclamé comme l'étoile lumineuse qui brille au ciel de l'Espagne ; comme un maître dans la science ; comme la lumière de l'Italie et le docteur de la vérité ; comme le soleil qui répand à Padoue les splendeurs de sa clarté. Ces dénominations, ces titres, ces gloires que lui décernent spontanément les papes, les foules, l'enthousiasme chrétien, la liturgie catholique, résument les sentiments d'admiration que son apostolat souleva dans son siècle.

D'ailleurs, toutes ces dénominations, tous ces titres, toutes ces gloires lui revenaient comme un droit, comme une récompense. Car, dit saint Bonaventure, celui-là est déclaré sage, qui enseigne ses disciples ; plus sage, s'il éclaire de sa conscience toute une province, par exemple ; mais, supérieurement sage, si, dans ses leçons, il s'adresse au monde entier. Sage, s'il enseigne un certain temps ; plus sage, s'il enseigne toute sa vie ; supérieurement sage, si sa science ne se borne pas à son siècle, mais bien aux siècles à venir. Or, tel fut le bienheureux Antoine par ses publications et par ses écrits.

Il occupe la première chaire de théologie dans

l'Ordre naissant. Voici l'obédience, admirable de concision, que saint François lui envoya :

« A mon très cher Frère Antoine, Frère François, salut en notre Seigneur Jésus-Christ.

» Je trouve bon que vous enseigniez la sainte théologie à nos Frères ; mais ayez soin de veiller à ce que l'esprit de la sainte oraison ne s'éteigne, ni en vous, ni dans les autres. Je tiens beaucoup à ce dernier point, conformément à la règle dont nous faisons profession. Adieu. »

Ce fut à Bologne qu'Antoine donna ses premières leçons : « Il avait été désigné par ses Frères au choix de saint François, comme plus capable que tous les autres d'enseigner avec distinction la théologie (1). Mais, le bruit de son mérite se répandit bientôt dans la cité, et le cloître fut impuissant pour empêcher le concours des étudiants de l'Université. » Bientôt, il est envoyé en France, où il professe à Montpellier et à Toulouse ; là, encore, il a des succès éclatants. En même temps, il poursuivait le cours de ses missions, et bientôt il s'y livra tout entier.

Inutile d'ajouter qu'il fut constamment fidèle à la recommandation du Père saint François, soit qu'il instruisît ses disciples, soit qu'il prêchât aux peuples. Il unit toujours l'oraison aux saintes luttes de l'apostolat. Disons plutôt qu'il sortait de son commerce avec Dieu enflammé de ces ardeurs qui consumaient le prophète Elie, et, comme lui, dévoré du zèle de sa gloire. La connaissance de Dieu par Jésus-Christ qu'il a envoyé en ce monde, la doctrine et la pratique de l'Evangile, la vérité, en un

---

1. Vita anonyma. — R. P. At. *Hist. de S. Ant.*

mot, et sur le dogme et sur la morale, tel est le thème de ses sermons.

Muni du mandat divin pour dire la vérité, aucune considération personnelle ne le faisait fléchir. La flatterie ne l'amollissait pas ; la popularité ne le séduisait pas ; l'opinion ne le troublait pas. Il mettait dans sa parole, qu'il s'adressât aux grands ou aux petits, aux riches ou aux pauvres, aux savants ou aux ignorants, le feu de l'Esprit-Saint dont il était consumé intérieurement : mais, cependant, toujours prudent et discret dans son zèle, il faisait rayonner la lumière au niveau de chacun, distribuant ses avertissements avec une parfaite convenance, accommodant son discours suivant les circonstances et les personnes, de telle sorte que la doctrine du salut était servie aux auditeurs, comme le pain sur la table d'un banquet (1).

Quant à ses écrits, nous avons de lui les Sermons du temps, les Sermons du commun des Saints, les Sermons sur les Psaumes. Il a écrit aussi sur les concordances morales de la Bible, qui sont comme un plan détaillé de vie et de vertus chrétiennes, formé avec les textes de la Sainte Ecriture. On range encore au nombre de ses œuvres l'Exposition mystique des divines Ecritures. Cette exposition renferme, mises en ordre, les explications que le savant interprète a données des diverses parties de nos saints livres (2).

Tel fut saint Antoine de Padoue dans le privilège et l'office qu'il partage avec les chérubins du Ciel.

---

1. Vita anonyma. — R. P. At. *Hist. de S. Ant.* — 2. Id.

CHAPITRE III.

Privilège des Trônes : ils contemplent dans sa cause première cette puissance divine dont nous constatons les effets dans l'univers ; les œuvres de Dieu livrées aux investigations de l'intelligence humaine ; découvertes merveilleuses ; malgré tout l'homme ne saurait créer ; quel est le secret qui lui échappe ? — Office des Trônes : ils transmettent avec la puissance qu'ils contemplent à la source même, et dont ils sont pénétrés, les communications souveraines, d'abord aux Dominations, qui commencent les Hiérarchies des Anges administrateurs, et puis aux hommes, médiatement par les Esprits inférieurs, ou immédiatement par eux-mêmes. — L'Ange qui lutte avec Jacob. — L'Ange de Gédéon. — L'Ange de Samson. — Gabriel ou Force de Dieu. — Confiance qu'inspirent ces Esprits célestes quand ils apparaissent. — Saint Antoine de Padoue participe au privilège des Trônes. Il porte le Verbe dans ses bras, et contemple sa puissance infinie, voilée sous les traits d'un enfant. — Plus Il descend, plus Il est grand : l'*Alpha* et l'*Oméga*. — Comment Antoine de Padoue participe à la puissance divine, et comment il la communique. Son apostolat : résurrection des corps et des âmes. — *Recevez le Saint Esprit* : le novice du couvent de Limoges. — Une vertu sortait de lui : le religieux du monastère de Solignac.

Domus ab Antonio
Supra petram Dominum
Posita, perstabit :
Quam maris elatio
Fluctus seu vox fluminum
Ultrà non turbabit.
　　　Liturg. francisc.
　　　(Ant. de Laudes).

La maison bâtie par Antoine, et soutenue par le Seigneur, subsistera : elle ne pourra être ébranlée ni par les vagues de la mer, ni par le débordement des fleuves.

N quelques lignes, la Genèse raconte l'œuvre de la Création. Plus explicite encore, le Psalmiste la résume en deux mots : *Dixit, mandavit ;* DIEU a dit, il a commandé : et tout a été fait et tout a été créé.

Dans le spectacle de l'univers sans cesse renouvelé sous ses yeux, l'homme peut considérer, dans ses œuvres comme dans ses effets, cette puissance divine que les Trônes contemplent en DIEU même : car, tel est le privilège de ces Esprits célestes, qui communiquent avec Lui de la manière la plus intime, et partagent, avec les Séraphins et les Chérubins, le bonheur de voir DIEU, de jouir de DIEU, dans la compréhension, autant qu'elle est possible à la créature, des attributs qui sont comme l'essence et la nature de l'Etre souverain.

Cette cause première, qui se révèle à nous par les êtres créés, est inépuisée et demeure toujours inépuisable en elle-même : les êtres possibles sont cachés dans le secret de son sein en nombre infini ; ils peuvent jaillir incalculables, nouveaux ; que le Tout-Puissant dise, et il en sera ainsi ; qu'il manifeste sa volonté, et des créations inconnues prendront place dans l'immensité. A travers les éblouissements de l'extase et les transports de l'admiration, les Trônes soupçonnent les hauteurs où peut s'élever cette puissance, les abîmes qu'elle peut couvrir, l'étendue qu'elle peut atteindre, la longueur qu'elle peut embrasser, les merveilles nouvelles qu'elle peut produire. Au-dessus de ces cimes inexplorées, par-dessous ces profondeurs mystérieuses, au-delà des étendues, des espaces que l'imagination se figure, c'est l'infini : et, l'infini, le pouvoir souverain peut le peupler, l'animer, le remplir, sans jamais épuiser les énergies de sa fécondité créatrice. Mystère, sans doute, mais dont les révélations faites à ces Esprits célestes sont, à leur tour, pour nous, comme autant de mystères. Il est certain que s'ils ne peuvent pas appréhender la cause première dans sa capacité infinie, dans son secret créateur, car DIEU seul se comprend, ils connaissent dans les créatures, dans les éléments qui sont à nos usages et dont l'étude a été livrée à nos investigations, ces causes cachées qui, pour nous, sont incompréhensibles, et dont les effets révélateurs, ou les propriétés exploitées, sont pour les savants comme autant de découvertes. L'homme a porté ses regards vers les cieux, et, par le moyen de verres grossissants, il a plongé sa vue dans cet horizon où, là-haut, se balancent les mondes, il a déterminé leur position, calculé leur vitesse, il leur a donné des noms ; par la vapeur, il s'est élevé dans les airs, planant comme l'oiseau audacieux ; il a parcouru la terre sur ces machines gigantesques qui s'en vont, emboîtant des lignes de chemin de fer, avec le bruit du tonnerre et la rapidité du vent ; par l'électricité, il communique, comme l'éclair, sa pensée d'un bout du monde à l'autre, il tient conversation avec ses semblables à des distances fabuleuses ; il emprisonne la voix et la fait parler après des années et des siècles, avec ces mêmes tons, ces mêmes inflexions, que lui donnait la langue qu'on entendit ; il paralyse, il détourne la foudre, il l'appelle, et comme un petit enfant que l'on conduit, il la mène dans un souterrain où elle s'éteint ; par la lumière, il reproduit instantanément les figures, les objets, et les immobilise. La mer ne saurait arrêter ses ambitions aventureuses : il s'engage sur ses flots, se dirige sur ses plaines liquides au moyen de l'aiguille aimantée et sur l'indication des astres, et là, comme un souverain dans son royaume, il va à la découverte de quelque monde nouveau : il descend quelquefois dans les abîmes de l'océan, il en contemple, il en raconte les merveilles. Le sol, dont il tire sa nourriture, il l'étudie sur sa surface et dans ses différentes couches ; ici, les herbes, les fleurs, les fruits avec leurs vertus qu'il utilise : là, l'or, l'argent, le fer, le bronze, les métaux qu'il extrait, les matériaux qu'il compose ou décompose par des combinaisons chimiques. La matière quelconque est comme un jouet dans ses mains. « Il la bouleverse, il la creuse, il la découpe, il la déplace, il la plonge dans les abîmes de l'océan ; il la lance dans les airs et la force à s'y tenir debout pendant des siècles. Il n'est pas de forme qu'il ne lui imprime. Tour à tour, il la rend solide, liquide ou aériforme. Il la condense, il la dissout, il la fait voler en éclats. Avec ses forces combinées, il produit la foudre qui tue, ou l'électricité qui transporte la pensée avec la rapidité de l'éclair. Qu'elle soit glace, neige, feu, rocher, montagne, plaine, bois, lac, mer ou rivière, il lui commande avec empire (1). »

Que fait l'homme, en définitive ? Il applique cet éclair de l'intelligence qu'il a reçue, à l'étude, à la considération des œuvres du Très-Haut ; il met la main de sa volonté aux éléments, aux êtres que le Tout-Puissant, à son tour, a mis à son service : sur ces données qui lui sont fournies, il agit ; mais, il ne sera jamais créateur, il sera un manœuvre, il sera un copiste, parfois, admirable, dans l'imitation, dans la reproduction des types offerts à son intelligence, à son activité sur le vaste théâtre de l'univers. Une fleur, par exemple, la petite fleur des champs, il peut l'analyser, en connaître

1. Mgr Gaume, *Traité du Saint-Esprit.*

les propriétés, faire l'application de ses vertus ; il peut la reproduire par l'aiguille, par le pinceau, imiter ses nuances, sa taille, son velours, ses couleurs délicates, lui imprimer ce cachet de la nature qui trompe en effet le regard..... mais, lui donner la vie, son pouvoir ne va pas jusque-là.

Il ne saurait détruire, pas plus qu'il ne saurait créer : c'est en vain qu'il divise et subdivise l'atome ; qu'il en multiplie les imperceptibles débris ; qu'il cherche dans la molécule ce qui est son être ; il ne travaille que sur des accidents : la substance échappe à ses poursuites, se réfugie derrière des retranchements inaccessibles, il ne peut ni l'annihiler ni la comprendre. La lumière, encore, il l'emploie ; il la dispense ; il la met au service de la société : bien qu'elle soit une et indivisible, il la multiplie, il la divise en plusieurs nuances différentes ; il la promène ; il la varie sur ses tableaux, à l'imitation de la nature et à l'image de l'arc-en-ciel, où le même rayon lumineux est divisé par une goutte d'eau en sept couleurs principales. Mais qu'est-ce donc que la lumière ? Après trente-cinq siècles que cette question a été posée par le Tout-Puissant au saint homme Job, personne encore n'a répondu. « Il n'est personne, en effet, qui ne connaisse la lumière, comme, aussi, il n'est personne qui la connaisse ; personne qui ne la connaisse dans ses admirables effets, personne qui la connaisse dans sa nature. On ne la voit qu'autant qu'elle se fait voir, et on ne voit rien qu'autant qu'elle le fait voir (1). » Et, si nous poursuivions le cours de cet interrogatoire, où le Seigneur semble porter un défi au savant de l'Idumée, et, par lui,

1. Rohrbacher, *Histoire universelle de l'Église.*

à tous les sages et à tous les puissants du monde, chaque question demeurerait et est demeurée, en effet, sans réponse.

Oui, l'homme, roi, pontife dans la création, dont il est, lui-même, le résumé merveilleux, peut disposer des êtres, des éléments qui sont dans son domaine, et que Dieu mit, en quelque sorte, à ses pieds et à son pouvoir : « *Omnia subjecisti sub pedibus ejus.* » Il peut porter ses investigations sur tous les règnes de la nature, en étudier les merveilles, en raisonner les combinaisons et les harmonies ; il peut y découvrir des secrets, des ressources infinies, des causes secondes, dont il tirera les effets, dont il exploitera les forces créatrices ; mais, il n'ira pas plus loin. Il ne connaîtra pas la nature, la constitution intrinsèque de ces agents qui sont à son service, et qui entrent dans ses découvertes Quelle joie, cependant, lorsqu'il surprend un de ces secrets qui existent, sans doute, mais dont il n'avait pas la révélation ! Quel triomphe surtout, lorsqu'il peut mettre au jour une expérience tant de fois tentée et enfin réussie, une œuvre, fruit de sa persévérance, et qu'il appelle sienne ! Chaque découverte est saluée aux applaudissements du monde. Un cri de surprise, un transport de bonheur se renouvelle chaque fois qu'un mystère soupçonné répond aux recherches de l'esprit humain, chaque fois qu'une force inconnue se trahit, et se livre aux combinaisons de la volonté, à l'exercice du pouvoir de l'homme. Quel ne doit pas être le ravissement des Trônes, de ces Esprits bienheureux, pour qui les secrets et les forces des causes secondes, dont nous n'exploitons que les effets, ne sont pas un mystère, mais qui, dans la cause première, dans l'Être des êtres, contemplent cette Puissance toujours en acte, et toujours principe créateur de tout ce qui fut, de tout ce qui est, de tout ce qui peut être !!!.

Tel est le privilège des Trônes : élévation, beauté, solidité, trois idées que porte à l'esprit le nom de trône, sur lequel siègent les monarques, et qui conviennent parfaitement à ces Esprits bienheureux selon qu'il est écrit : Le Seigneur s'élève sur les Trônes pour juger les justices. *Sedet super Tronos qui judicat justitiam.*

Ils composent le troisième Chœur de la première Hiérarchie, ou des Anges assistants, et leur office est de transmettre, avec la puissance qu'ils contemplent à la source même, et dont ils sont pénétrés, les communications souveraines, d'abord aux Dominations, qui commencent les Hiérarchies des Anges administrateurs, et puis, aux hommes médiatement, par les Esprits inférieurs, ou immédiatement, par eux-mêmes.

Bien que les saints Livres ne nous révèlent ni le nom, ni la dénomination de ces Esprits célestes qui se sont manifestés aux Élus de DIEU, dans des circonstances solennelles, nous pouvons, à juste titre, voir en eux des Trônes, toutes les fois que leur mission porte ce caractère qui est particulier à leur office : communiquer la force, révéler le secret de la puissance.

« C'est ainsi qu'un Ange lutte toute une nuit, sous la forme humaine, avec Jacob, et se laisse vaincre ; mais, pour lui prouver son pouvoir, lui touche le nerf de sa cuisse, qui se dessèche à l'instant : « Laisse-moi, lui disait-il, car voici l'aurore.— Je ne te laisserai point que tu ne m'aies béni. — Quel est ton nom ? demanda le mystérieux lutteur. — Jacob, fut la réponse.—Ton nom ne sera plus Jacob, reprit-il, mais Israël, ou Fort contre Dieu, car, si tu as été fort contre Dieu, combien plus le seras-tu contre les hommes ! Et comme Jacob lui demandait, à son tour, son nom, l'inconnu ne voulut point le lui dire, mais il le bénit en ce lieu même. C'est pourquoi Jacob appela ce lieu Phanuel ou Face de Dieu, disant : J'ai vu Dieu face à face, et mon âme a été sauvée. »

Nous avons lieu de croire que ce fut un de ces Esprits célestes qui salua Gédéon comme le plus valeureux des hommes, l'investit Juge d'Israël, lui communiqua, pour cette mission, cette assurance avec laquelle l'Elu du Seigneur lutta contre les ennemis et remporta une victoire complète.

Tel fut également l'ange qui révéla aux parents de Samson la naissance du futur Juge d'Israël, instruisit la mère du secret de cette étonnante et miraculeuse force qui serait le signalement de l'enfant qu'elle mettrait au monde. Pour elle, qu'elle s'abstienne de boire de tout ce qui enivre, et de manger quoi que ce soit d'impur. Pour l'enfant, il sera Nazaréen, c'est-à-dire, consacré à Dieu dès le sein maternel, et le rasoir ne passera jamais sur sa tête. Manué, ne sachant point que c'était l'Ange de Jéhovah, lui dit : « Quel est votre nom, pour que nous vous honorions quand votre parole sera venue.» Mais l'Ange de Jéhovah répondit : « Pourquoi me demandes-tu mon nom, qui est l'Admirable ?.. » Et tandis que Manué et sa femme offraient un sacrifice au Seigneur et que le feu montait de l'autel vers les cieux, l'Ange y monta au milieu des flammes : ce qu'ayant vu, ils tombèrent la face contre terre.

Enfin, c'est parmi les Trônes que le Seigneur dut choisir celui dont le nom même répondait à l'importance souveraine de la Mission qui lui fut confiée vers la Vierge Marie ; Gabriel veut dire, en effet, *Force de Dieu :* Archange dans cette circonstance, il est Trône par son ministère, par son office. Il vient révéler à la Vierge de Juda la décision prise dans le conseil adorable de la Trinité, lui demander et incliner son consentement à l'Incarnation du Verbe dont elle serait la mère, et, pour ce but, la confirmer dans cette force qui le rend participant lui-même de la force de DIEU : « Ne craignez rien, Marie, lui dit-il : *Neti meas, Maria.* »

Il est d'ailleurs à remarquer que, si l'apparition de ces Esprits célestes inspire d'abord une sorte de frayeur surnaturelle, ce saisissement fait bientôt place à une douce confiance, à une assurance qui non seulement bannit toute crainte, mais communique encore une énergie capable de braver tous les obstacles.

Saint Antoine de Padoue contempla sur la terre, sous le voile de la chair, dans le Verbe humanisé, cette puissance que les Trônes du ciel contemplent en DIEU, dans la cause des causes. Ses bras furent son trône. La toute-puissance sous la fragilité et dans le rapetissement de cet Enfant adorable, quelle révélation ! La hauteur d'un édifice se mesure sur la profondeur dans laquelle on fixe sa base ; c'est par l'ombre qui descend, s'allongeant sur la plaine, que l'on arrive à la cime d'un monument. C'est par les abaissements qui mettent Dieu à la portée de l'homme, que l'homme soupçonne la grandeur souveraine de Dieu ; c'est par la faiblesse que revêt le Très-Haut, qu'il donne à comprendre son pouvoir. Le Verbe fait chair, c'est en même temps l'éternel et le mortel, l'infini et le fini, l'immense et l'abrégé, le souverain et l'obéissant, le riche qui dispense tout et le pauvre qui a besoin de tout, le fort et le faible, le grand et le petit, le Dieu qui ne dépend de personne, l'homme qui dépend de chacun. Et Jésus-Christ est tout cela. Or, c'est Jésus-Christ, oui, c'est bien Lui qu'Antoine contemple, adore, embrasse. Il est dit de ce grand Dieu : « Il a fait des choses magnifiques qu'on ne saurait comprendre, des choses merveilleuses qu'on ne saurait nombrer. Sans qu'elles s'en doutent, il transporte les montagnes, et il les renverse dans sa fureur. Il remue la terre de sa place et ses colonnes sont ébranlées. Il contient les eaux de l'Océan dans le creux de la main, de ses trois doigts il soutient le monde. Il a étendu et tissé les cieux ; il commande au soleil, et le soleil ne se lève pas ; il tient sous un sceau les étoiles ; il marche sur les eaux de la mer et s'en va sur les ailes des vents... Sous Lui fléchissent ceux qui portent l'univers ; s'il détourne sa face des créatures, elles se troublent et retournent dans la poussière. Il est grand et au-dessus de toute louange ; il est puissant, nul ne saurait lui résister. » Et Le voilà, Lui-même, qui se livre, aimable Enfant, aux caresses d'Antoine, s'attachant et nouant gracieusement ses bras autour de son cou ; ses pieds reposent sur le livre ouvert du saint ; ses regards, sous lesquels la terre tressaille, se lèvent doux et caressants sur le visage ravi du bienheureux. Quel abandon ! Ainsi, l'enfant d'une heure se laisse faire et porter dans les bras d'une mère : sans résistance aucune il suit tous les mouvements qu'on lui imprime ; il ne raisonne pas, il ne se trouble pas ; l'idée même qu'il peut tomber des bras maternels ne lui vient pas ; tout simplement, il s'abandonne. Ainsi Jésus aux mains d'Antoine, d'Antoine Padoue.

Rien d'étonnant que les Trônes dans le Ciel soient comme éblouis devant les manifestations de cette Puissance créatrice et souveraine, dont l'univers nous montre les œuvres et dont les Livres Saints nous racontent les actes et les magnificences ; mais que ce Créateur, l'Être souverain, absolu, indépendant, soit cet Enfant qu'Antoine presse sur son cœur, voilà un des secrets que les Esprits célestes n'eussent pas peut-être soupçonné : à ce point de vue nouveau, la toute-puissance divine se révèle de toute la distance qu'il y a entre les attributs incommunicables de l'être et la dépendance de l'enfant. Et cet enfant, en effet, est-ce Jésus qui naquit sur la paille, mourut sur la croix, fut soumis toute sa vie, obéissant jusqu'à la mort, pauvre, humble, petit, dépendant de tout le monde, sujet au milieu de sa propre création, n'ayant pas où reposer sa tête ? Il s'est anéanti, dit saint Paul, *exinanivit semetipsum*. Quel contraste ! quel abîme ! quelle distance entre ces deux extrêmes ! Pour les unir, d'un sommet à l'autre il s'est élancé comme un géant, dit le Psalmiste : *exsultavit ut gigas ad currendam viam a summo ejus... et occursus ejus usque ad summum ejus :* quelles hauteurs et quelles profondeurs ! Comme deux histoires vivantes qui racontent la puissance divine, l'une au ciel, l'autre sur la terre ; l'une aux anges, l'autre aux hommes ; l'une avec éclat et magnificence, l'autre dans le silence et dans l'ombre, elles sont résumées, elles n'en sont qu'une dans le Verbe incarné, JÉSUS-CHRIST. Versé si profondément dans les Saintes Ecritures, Antoine adorait maintenant sous ses yeux, dans ses bras, Celui qui en est le commencement et la fin, l'*Alpha et l'Oméga*. Il portait l'Enfant, et il se sentait porté par l'Enfant ; de l'Enfant il allait à DIEU ; en lui, *toute créature subsiste, a l'être, le mouvement et la vie* ; hors de lui, c'est la mort, sans lui on n'a rien, on ne peut rien, on n'est rien ; pour Lui il a tout, il est tout : il est de DIEU. Il descendait vers l'Enfant : il admirait avec le saisissement de l'extase et les transports du ravissement cette toute-puissance qui, sous les livrées de la faiblesse, venait ainsi se mettre à la portée de sa contemplation, et se familiariser avec lui, son serviteur et sa créature. S'il embrassait l'Enfant, en admirant sous cette révélation le miracle du pouvoir souverain de DIEU, il entrait en même temps dans les puissances du Seigneur, recevait les communications intimes de sa force : « puis il retire sa tête du sein de DIEU, dans lequel il l'a plongée : cette tête porte un nimbe révélateur d'un pouvoir surhumain. »

Voyons maintenant comment Antoine de Padoue remplit auprès des hommes l'office des Trônes du ciel, en communiquant autour de lui de cette puissance qu'il a reçue dans ses rapports avec le Verbe incarné.

Sa parole **ardente s'est adressée** aux âmes, tantôt

en public, tantôt dans le secret du saint tribunal. Aux multitudes, il a annoncé le royaume de DIEU, exposé les dogmes catholiques, les vices à fuir, les vertus à pratiquer, les moyens à prendre pour obtenir la vie éternelle. Nous avons constaté la puissance que sa parole communiquait à ces foules qui l'acclament et qui le suivent, insatiables de l'entendre. Au saint tribunal, il achève ce qu'il a commencé en public. Là, il s'adresse à chaque âme en particulier, et, en proportion de l'état et des besoins de chacune, lui dispense intimement, cordialement, de sa force à lui ; c'est là qu'il alimente et embrase la ferveur des unes, là qu'il dissipe la timidité des autres, là qu'il maintient, raffermit dans le bon chemin et conduit jusqu'à la persévérance celles-ci qui chancellent, relève celles-là qui sont tombées, et les préserve des rechutes par ces exhortations chaudes et véhémentes qui respirent l'amour du bien et inspirent l'horreur du mal ; ces autres âmes, plus généreuses, il les porte à quitter la voie large des commandements, et il ouvre à leurs regards les sentiers sublimes des conseils évangéliques. C'est là qu'il ressuscite les âmes et les fait passer de l'état de mort à la vie de la grâce. Le grand thaumaturge a souvent commandé à la mort, il a dit aux cadavres : « Au nom de JÉSUS, levez-vous, » et les cadavres ont obéi. Mais, qui pourrait compter ces résurrections spirituelles qu'il a opérées, et qui exigent une puissance plus grande encore ? Car, il est plus difficile de se faire librement obéir par la volonté que par la mort : celle-ci ne résiste pas à la voix de DIEU ; celle-là peut résister, et résiste malheureusement.

En dehors de ces traits généraux qui, d'ailleurs, peuvent être communs à bien d'autres saints, nous trouvons dans la vie du grand thaumaturge des faits qui se rattachent particulièrement au ministère qui lui est attribué et qui correspondent à l'office des Trônes. Il consiste, avons-nous dit, dans la communication à d'autres de cette puissance à laquelle on participe et que l'on contemple en DIEU.

Citons deux exemples : nous n'aurions que l embarras du choix dans le nombre.

« Se trouvant au couvent de Limoges, dont il avait la custodie, Antoine connut, par inspiration intérieure, qu'un novice nommé Pierre, sur lequel il fondait de grandes espérances, était découragé et sur le point de quitter le monastère. Il le fait venir, l'embrasse avec tendresse, et, soufflant sur son visage, il lui dit : « Recevez le Saint-Esprit. » A ces mots, Pierre tombe comme foudroyé aux pieds du saint. Celui-ci le relève avec bonté et lui ordonne de reprendre ses sens. Cependant, plusieurs Frères étaient accourus au bruit de sa chute. Revenu à lui, le jeune novice raconte qu'à la voix du Père il s'est senti ravi dans un monde merveilleux, au milieu des chœurs angéliques, et qu'il a vu des choses ravissantes. Il allait continuer et les décrire, lorsque Antoine l'arrêta, et lui dit de remercier le Seigneur de sa miséricorde. Pierre se tut. Dans la suite, il n'éprouva plus aucune tentation de découragement ni de tiédeur pendant sa longue vie dans l'Ordre de Saint-François, où il mourut en saint religieux (1). »

« Un autre jour, passant près de Solignac, dans le diocèse de Limoges, il voulut en visiter l'abbaye.

1. *Liber miraculorum apud* Bolland.

Un des moines le consulta sur l'état de son âme : ni les prières, ni les jeûnes, ni les disciplines les plus douloureuses ne pouvaient le délivrer des vexations importunes et des tentations horribles dont le démon le poursuivait. Ce pauvre religieux exhalait sa peine en versant d'abondantes larmes. Touché de compassion pour ce malheureux, le thaumaturge quitte sa tunique et en revêt le moine. A l'instant même, celui-ci sentit une force surnaturelle l'envahir et ses tentations disparurent : la joie et le calme succédèrent au trouble et aux alarmes (1). »

1. Liber miraculorum apud Bolland.

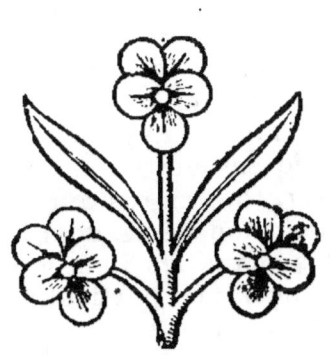

LES DOMINATIONS.

CHAPITRE IV.

Les Dominations commencent les Hiérarchies des Anges administrateurs. — Etymologie de leur nom. — Leur office : indiquer et commander aux Anges inférieurs ce qu'il faut faire, d'après les lumières reçues de la première Hiérarchie. — Comment ces Esprits célestes président à l'exécution des desseins de Dieu, surtout à l'accomplissement du mystère de l'Incarnation. — Révélation de ce mystère faite aux Anges. — Occasion et origine de la grande lutte. — L'*Homicide* dès le commencement du monde. — Le *Quis ut Deus*. — Même révélation du mystère faite à l'homme. — Le peuple de Dieu dépositaire des promesses : les Patriarches, les Prophètes, les Juges, les Rois, les ancêtres du Messie, les figures bibliques. — L'attente universelle. — Sous la conduite des Dominations, le plan divin est réalisé. — L'échelle mystérieuse de Jacob, la vision du Prophète Zacharie. L'intervention des Anges établit des rapports continuels entre le ciel et la terre : l'Ange qui marche à la tête du peuple d'Israël, dès la sortie d'Égypte. — Antoine de Padoue a rempli et continue à remplir, sur la terre, l'office des Dominations. — Le *Saint de tout le monde*. — Le Seigneur le tire de l'obscurité volontaire pour le placer parmi les Princes de son peuple. — Ses dons, ses aptitudes, ses grâces pour le gouvernement des âmes ; leurs analogies avec les qualités angéliques. — Comment le Pape Grégoire IX apprécie ses vertus morales. — Sa discrétion. — Avec force et douceur, tout en restant au second plan, il préside à l'œuvre de Dieu dans son siècle, dont il ressuscite les dévouements et inspire les élans les plus généreux. — L'Église et l'Ordre de Saint François, en particulier, trouvèrent en lui un des plus puissants auxiliaires.

Sapiente Filio
Pater gloriatur :
Hoc et in Antonio
Digne commendatur.
          (Liturg. Francisc.
   XIIIe siècle, 1res Vêpres).
	Il est écrit qu'un Père se glorifie de la sagesse de son fils : notre Bienheureux fut la preuve de la vérité de cet axiome.

ANS la nature il n'y a point de saut. Toutes les créations se touchent et s'enchaînent par des liens mystérieux, en sorte que les dernières productions d'un règne supérieur se confondent avec les productions les plus élevées du règne inférieur. (St Th., I p., q. CVIII, 5.)

« La même loi régit le monde des intelligences, prototype du monde des corps. Ainsi, les Trônes, dernier Ordre de la première hiérarchie angélique, touchent immédiatement à l'Ordre le plus élevé de la seconde, les Dominations.

» Si les Trônes finissent la hiérarchie des Anges assistants, les Dominations commencent les hiérarchies des Anges administrateurs, qui sont dans le gouvernement du monde et de la cité du bien ce que seraient dans les sociétés humaines les chefs des grands corps d'État, les généraux d'armée, les magistrats.

» Indiquer et commander ce qu'il faut faire, est le rôle des Dominations. Ces Esprits célestes sont ainsi appelés, et avec raison, parce qu'ils dominent tous les Ordres angéliques chargés d'exécuter les volontés du grand Roi, comme le généralissime d'une armée domine tous les chefs de corps placés sous ses ordres, et les fait manœuvrer suivant les intentions du prince dont il est le représentant. » (Vig. p. 85. — Mgr Gaume, *Traité du Saint-Esprit*.)

Nous verrons, en effet, que chacun de ces Ordres administrateurs concourt, dans son office, et en proportion du rang qu'il occupe dans les hiérarchies célestes, à l'accomplissement des desseins de Dieu, qui leur sont révélés par les Anges supérieurs, et dont les Dominations ont la haute juridiction et comme l'intendance.

L'incarnation du Verbe, tel est le dessein de Dieu, conçu et formé dans le Conseil adorable de la Trinité sainte ; la Rédemption et la Sanctification des âmes sont les grandes phases de ce plan qui embrasse le monde ; la Glorification en est le couronnement, comme la Création en est le principe. Sa réalisation relèvera du consentement de la Vierge qui sera la Mère du Verbe incarné. Le monde doit ainsi être ramené à Dieu ; comme moyens, les grâces, la prière, les sacrements, les mérites : autant de mystères infinis qui atteignent toutes les âmes. Mais le levier tout-puissant sera l'Incarnation. Tel est le plan divin.

Nul doute que la révélation n'en ait été faite aux anges, car, cette révélation elle-même, qui leur fut donnée sur l'Incarnation, devint le signal de leur division et de leur lutte. Elle fut l'épreuve à laquelle ces esprits célestes furent soumis, et qui détermina le salut des uns, la réprobation des autres. « Dès le commencement de leur existence, dit saint Thomas (p. I, q. LXIV, art. 1, ad 4), tous les anges connurent de quelque manière le mystère du règne de Dieu accompli par le Christ, mais, surtout, au moment où ils furent béatifiés par la vision du Verbe : vision que n'eurent jamais les démons, car elle fut la récompense de la foi des bons anges.

« Nous avons démontré, dit Suarez (De malig. ang. lib. VII, cap. XIII, nos 13 et 18), que tous les anges, dans l'état d'épreuve, avaient eu révélation du mystère de l'union hypostatique qui devait s'accomplir dans la nature humaine. » Et il ajoute : « Il est donc infiniment croyable que Lucifer aura trouvé là l'occasion de son péché et de sa chute. »

Viguier est encore plus formel au sujet du motif de la révolte de Lucifer et de sa chute (1) :

1. Viguier ca . III, § II, vers. 15, p. 96-97.

« Il ambitionna d'être le chef des anges non seulement par l'excellence de sa nature, privilège dont il jouissait, mais en voulant être leur médiateur, pour obtenir la béatitude surnaturelle, béatitude qu'il voulait acquérir lui-même par ses propres forces. C'est ainsi qu'il désira l'union hypostatique, l'office de médiateur, la place réservée à l'humanité du Verbe, comme lui convenant mieux qu'à la nature humaine à laquelle il savait que le Verbe devait s'unir. Vouloir s'en emparer était donc de sa part un acte de rapine. »

Sans nous étendre sur les passages de plusieurs autres théologiens et commentateurs qui appuient cette même doctrine, à savoir : Que la révélation de l'Incarnation du Verbe a été faite aux Anges, et qu'en cette révélation consistait l'épreuve à laquelle ils furent soumis, citons seulement quelques noms et les sources où l'on pourra puiser. — S. Isidorus, S. Cyprianus, Beda signalés par Catharin, une des gloire du Concile de Trente (Opusc. de gloria Beat., apud Vasquez, pars I, q. LXIII, disp. 233. — Naclantus, le savant évêque de Foggia, et membre, lui aussi, du Concile de Trente, (Enarrat. in epist. ad Eph. cap. 1, p. 49, in-fol.) — Ruard, Molina ; et, avant eux, Rupert, qui démontre que Lucifer, par cela qu'il ne se tint pas dans la vérité, *non stetit in veritate*, fut l'homicide dès le commencement du monde, portant une haine indicible au Verbe qui est la vérité (Comment. in Joan. lib. VII, ad illa : Ille erat homicida, nos 242 à 224.)

---

1. Le péché de Lucifer et de ses anges, dit Cornelius à Lapide, fut un péché d'ambition. Ayant eu connaissance du mystère de l'Incarnation, ils virent avec jalousie la nature humaine préférée à la nature angélique. De là leur haine contre le fils de la femme, c'est-à-dire le CHRIST. (In Apoc, XII, 4.)

A la confusion de Lucifier, à la réprobation de son orgueil et de sa haine, concluons avec deux grands docteurs de l'Eglise : « Celui-là doit s'incarner par qui tout a été fait, le Verbe éternel. A la nature divine il unira la nature humaine, dans laquelle se donnent rendez-vous la création matérielle et la création spirituelle. Grâce à cette union, dans une même personne, de l'Etre divin et de l'être humain, du fini et de l'infini, Dieu sera homme et l'homme sera Dieu. Ce Dieu-homme deviendra la déification de toutes choses, principe de grâce et condition de gloire même pour les anges, qui devront l'adorer comme leur Seigneur et leur Maître (S. Aug. Serm. XIII de Remp. — S. Iren. adv. Hebr. lib. III, cap. VIII.— Voir Corn. a Lap. in Epist ad Eph. ap. I, 10.)

Du ciel, la révélation descendit sur la terre.

L'homme, aussi bien que l'Ange, connaissait, avant sa chute, le mystère de l'Incarnation ou de l'union hypostatique du Verbe avec la créature, en germe, du moins, c'est-à-dire, en tant que ce Verbe adorable, par qui tout a été fait, serait le trait d'union entre le fini et l'infini, entre le Créateur et la création tout entière ; et, qu'ainsi, il établirait glorieusement le règne de Dieu sur l'universalité de ses œuvres (1). Mais cette révélation lui fut confirmée d'une manière bien plus explicite aussitôt après sa chute : le Verbe incarné lui fut promis sous le caractère et avec la réalité de Rédempteur ; l'humanité sort du paradis terrestre, emportant cette révélation dans son sein, comme une consolation, comme

---

1. S. Thom., 2ª 2ª, q. II, art. 7, corp. etc ; et q. I, p. XCIV, art. I, corp.

un espoir, comme une croyance : c'est la foi. Elle se trouve chez tous les peuples, par l'attente universelle, et les sacrifices, que l'on constate chez toutes les nations, emportent l'idée d'expiation, de rédemption, et figurent d'avance le grand sacrifice. Un peuple, surtout, maintient cette tradition inaltérable à travers toutes les races, inviolable au milieu des erreurs, des fables, des superstitions qui se glissent partout. C'est le peuple à qui le Seigneur confia le dépôt de la foi, et qui doit transmettre de génération en génération les promesses faites sur le berceau du genre humain. Adam, qui fut de Dieu, transmit la révélation divine à ses fils ; elle se conserva avec Noé dans l'arche, qui voguait sur les eaux du déluge ; elle fut livrée, comme une tradition vivante, à Abraham, le Père des croyants, et qui fut lui-même le chef de ce peuple prédestiné, le peuple de Dieu. Isaac, ou l'enfant de la promesse, Jacob, surnommé Israël, reçurent d'Abraham l'héritage sacré. Déjà, les ancêtres du Messie promis se dessinent : déjà commencent, et sans interruption, les anneaux vivants de cette chaîne qui, des mains de Dieu, aboutit au Christ. Qui racontera sa génération ? s'écrie le prophète : *Generationem ejus quis enarrabit?* Il est le Verbe, et le Verbe est en Dieu, et le Verbe est Dieu. Il est engendré avant l'aurore. Mais il sera engendré dans le temps : il doit s'incarner: comme fils de l'homme, son nom sera inscrit dans les archives de l'histoire humaine : et l'Évangéliste, dans la Généalogie temporelle du Fils de Dieu, fils de Marie, nous donnera la liste de ses ancêtres selon la chair. Jacob, mourant, a déjà prédit à Juda que c'est de lui que sortirait le Rédempteur promis.

Le peuple de DIEU, le peuple élu, est non seulement dépositaire des promesses, mais il porte encore
dans son sang le germe du Messie : sa mission est
non seulement de l'annoncer, mais de concourir
personnellement à l'accomplissement du mystère de
l'Incarnation. L'Egypte a voulu retenir ce peuple
dans l'esclavage ; Israël brise ses liens, sort de la
captivité avec des chants, traverse la Mer Rouge et
le désert enveloppé de miracles, il a reçu au pied
du Sinaï la loi sainte et il se dirige vers la Terre
Promise. Les épreuves ne lui manquent pas, les
ennemis renaissent à mesure qu'il en triomphe, il
tombe à son tour, il se relève pour tomber encore :
mais DIEU veille : il a fixé sa tente parmi les pavil-
lons d'Israël. Il suscite des juges qui, tour à tour,
délivrent les Hébreux ; des rois qui se mettent à
leur tête, et les reconduisent à la victoire ; il éche-
lonne sur leur route ces voyants, ces Prophètes qui
consolent, assistent, instruisent, et suivent, dans
toutes leurs vicissitudes, ces tribus israélites bientôt
dispersées dans toutes les nations. Chacun de ces
hommes inspirés salue le Messie à venir, qui, sous
un trait, qui, sous un autre ; celui-ci fixe l'époque
de son avènement, celui-là en précise les circonstances ; cet autre signale le lieu où il doit naître :
Israël veut connaître d'avance l'histoire de celui qui
doit venir : il peut étudier sa vie comme nous la
lisons nous-mêmes. Les détails qui entourent sa
naissance, sa mort, sa Résurrection, son Ascension ;
le caractère de son règne, ses travaux, ses prédica-
tions, ses miracles, son triomphe, comme aussi ses
contradictions, ses douleurs, ses ignominies, tout
est figuré, révélé, prédit ; jusqu'à certains faits, cer-

taines circonstances qui semblent plutôt appartenir à l'Evangile qu'à la prophétie.

La Vierge qui doit l'enfanter n'est pas oubliée : l'arc-en-ciel, signe d'alliance ; l'échelle de Jacob ; la nuée lumineuse qui précède le camp d'Israël ; la verge fleurie ; le jardin fermé ; la fontaine scellée : autant d'emblèmes qui la relèvent de loin ; Eve, Sara, Rébecca, Rachel, Débora, Judith, Esther, autant de figures bibliques qui l'expriment de plus près. David chante ses grâces avec la complaisance d'un aïeul ; Salomon trace son portrait dans la Femme Forte ; Isaïe la salue et la donne comme un signe dans la Vierge Mère ; Ezéchiel l'appelle la Porte mystérieuse, que, seul, le grand Roi peut ouvrir et fermer ; Jérémie nous la montre inconsolable, et envisage ses douleurs vastes comme la mer.

En attendant, les événements se précipitent : Rome a subjugué, tour à tour, les empires du monde et en est devenue la capitale ; la Judée, elle-même, n'est plus qu'une province de Rome ; Israël et Juda sont dispersés aux quatre vents du ciel ; le temple de Jérusalem a vu l'abomination de la désolation : ses grands-prêtres sont des fantômes qui se passent d'une année à l'autre la dignité sacerdotale, laquelle est vendue au plus offrant ; les sacrifices n'étant plus qu'une affaire de routine et de trafic, les ombres disparaissent ; les figures bibliques s'effacent ; les voix prophétiques se taisent ; le monde est dans l'attente : les temps sont accomplis. Le sceptre est tombé des mains de Juda : un étranger, Hérode l'Iduméen, le relève en l'usurpant. Sous l'humble toit de Nazareth, loin des bruits de la terre, au milieu du silence de la nuit, l'envoyé de Dieu, Gabriel, proposait à la Vierge Marie le mystère de l'Incarnation, et attendait son consentement ; et la Vierge répondit : « Voici la servante du Seigneur, qu'il me soit fait selon votre parole. » Et le Verbe se fit chair et il a habité parmi nous : *Et Verbum caro factum est et habitavit in nobis.*

Ainsi s'est réalisé le plan divin conçu dans le sein adorable de la Trinité, révélé dans le temps aux anges et aux hommes. Les Dominations en dirigent l'accomplissement à travers toutes ces vicissitudes dont le monde est le théâtre. Les empires qui se succèdent préparent le règne du Christ qui n'aura pas de fin ; les peuples qui s'agitent seront réunis sous le sceptre du Fils de Dieu, du fils de David. Les événements qui se heurtent et semblent entraver la marche de la Providence, concourront, comme autant de moyens, à la réalisation de la volonté divine. Comme, dans la construction d'un édifice, les ouvriers, chacun dans son rôle, travaillent sous la direction de l'architecte ; comme, dans un concert de musique, les diverses parties concordent, sous l'impulsion du chef d'orchestre, à l'harmonie et à l'unité de l'ensemble ; comme, dans une armée, les ordres du généralissime, qui possède le plan de campagne et en dirige les mouvements, passent successivement de chef en chef, jusqu'au dernier des soldats, ainsi, dans l'œuvre divine, nous voyons les anges de tous les ordres administrateurs exercer leur ministère sous la haute intendance des Dominations.

La vision de Jacob, dans l'échelle mystérieuse, nous en offre une image sensible : l'homme qui est au bas, Dieu qui est au sommet, sont en rapports. Marie doit les unir dans son sein : elle est l'échelle véritable, vivante ; et les anges vont de Dieu à l'homme, de l'homme à Dieu, montant, descendant, ambassadeurs fidèles, administrateurs empressés, autour du mystère de l'Incarnation. Ils nous apparaissent, en effet, travaillant au même but, dans l'office qui leur est propre : ici, gardiens vigilants des royaumes, des provinces, des villes ; là, agents infatigables, messagers de flamme auprès des princes et des peuples ; les uns opèrent les prodiges, les miracles, en faveur des élus ; les autres détournent les obstacles et s'opposent aux puissances du mal. Tous sont administrateurs fidèles envoyés à l'œuvre du salut des âmes, qui doit s'opérer par l'Incarnation.

Ce ministère des anges nous est révélé, d'une manière non moins sensible, dans la vision du prophète Zacharie, laquelle a rapport à la reconstruction du temple et au rétablissement du peuple de Dieu à Jérusalem : « Je regardais pendant la nuit, dit le prophète, et voilà un homme monté sur un cheval roux, qui se tenait parmi les myrtes plantés en un lieu bas et profond, et à sa suite étaient des chevaux, les uns roux, les autres marquetés, d'autres blancs. Je dis alors : Seigneur, qui sont ceux-ci ? Et l'ange qui parlait en moi, me dit : Je vous ferai voir qui ils sont. Et le personnage debout parmi les myrtes répondit : Ce sont ceux qu'à envoyés Jéhovah pour parcourir la terre. Et eux répondirent à l'ange de Jéhovah : Nous avons parcouru la terre, et voilà que la terre entière est habitée et en repos. Et l'ange de Jéhovah dit : Jéhovah Sabaoth, jusques à quand n'aurez-vous point pitié de Jérusalem et des villes de Juda contre lesquelles vous vous êtes mis en colère ?... La réponse fut transmise au prophète : « Jérusalem ne sera plus environnée de murailles, tant sera grande la multitude d'hommes et de bêtes au milieu d'elle. Je lui serai moi-même, dit Jéhovah, un mur de feu tout autour, et je serai sa gloire du milieu de son enceinte. »

« La Jérusalem judaïque était l'ébauche de la Jérusalem chrétienne, ébauche, elle-même, de la Jérusalem céleste. Les promesses faites à la première s'appliquent encore plus à la seconde. La première était alors à moitié déserte, mais un jour son enceinte sera trop étroite pour contenir ses habitants, plusieurs s'établiront hors des murs. Cepenpendant c'est de la seconde surtout, de l'Eglise catholique, qu'il est vrai de dire qu'elle n'est point circonscrite par des murailles : elle n'a d'autres limites que celles de la terre (1). »

L'intervention des Anges établit ainsi un commerce continuel entre le ciel et la terre : ils apparaissent à chaque circonstance où la gloire de Dieu et le salut des hommes appelle leur ministère. Nous les rencontrons à chaque étape du voyage que parcourt Israël vers la Terre Promise. Leur présence est signalée à chaque épisode de l'histoire de la Providence divine à travers les siècles. C'est par les Anges que Dieu se révèle aux Patriarches, aux Prophètes, aux Rois dans la loi ancienne, comme aux Apôtres, aux Martyrs, aux Femmes fortes, aux Justes de la loi nouvelle. Lors de la dispersion des hommes, les Anges se mêlent à tous ces peuples qui doivent entrer dans l'exécution du plan divin, et

1. Rohrbach., *Hist. univ. de l'Eglise.*

qui ont pour vocation générale, le salut éternel : mais ils veillent, surtout, sur ce peuple qui est l'héritier des promesses et qui doit concourir directement à leur accomplissement.

Nous trouvons les Anges chez Abraham, chez Loth ; un Ange veille sur Ismaël, père des Arabes ; dans le buisson ardent, sur le mont Sinaï, auprès d'Elie, de Judith, de Judas, interviennent ces Esprits célestes. Ce sont les Anges qui annoncent la naissance du Sauveur, plus tard, sa Résurrection, et assistent à son Ascension : ils ont monté la garde autour de lui pendant sa vie mortelle. C'est un Ange qui délivre saint Pierre. En dehors de la Tradition et des Saints Livres soit de l'Ancien soit du Nouveau Testament, la vie des Saints, qui se perpétue jusqu'à la la fin des siècles relève et mentionne fréquemment la visite et le ministère des envoyés de Dieu. Il serait trop long d'en citer les traits, nous constatons seulement : l'histoire du Christianisme sur la terre est toujours en rapport avec les citoyens du ciel...

C'est l'Ange de saint Laurent, l'Ange de sainte Cécile, l'Ange de saint Dominique, l'Ange de sainte Françoise Romaine ; ce sont les Anges qui apparaissent à saint François d'Assise ; les Anges qui enlèvent le corps de la vierge martyre sainte Catherine et le cachent sur le mont Sinaï ; les Anges qui transportent la Santa Casa en Dalmatie puis à Lorette ; les Anges qui assistent aux derniers moments du juste et qui se sont tant et tant de fois révélés.

Ces Anges administrateurs relèvent à leur

tour, et sont les agents des Esprits supérieurs, les Dominations, qui président aux détails, et les ramènent à l'unité de l'ensemble dans la conduite et dans l'exécution de l'œuvre de DIEU. A ces Esprits célestes de diriger les événements, les hommes et les siècles ; et, au milieu des vicissitudes, de démêler et de faire réussir les moyens qui obtiennent la fin. Ils président d'une manière toute spéciale aux destinées du peuple choisi ; à côté des chefs visibles, ils prennent le gouvernement de sa marche, de ses actes, de son histoire.

C'est ainsi que l'Ange de DIEU marchait à la tête d'Israël, lors de la sortie de l'Egypte ; et, comme les Egyptiens poursuivaient les Israélites, il s'en alla et se plaça derrière, entre le peuple de DIEU et ses ennemis ; et avec lui, se plaça la colonne de nuée qui d'abord allait devant : cette nuée devint ténébreuse pour les Egyptiens, tandis qu'elle était lumineuse pour les Israélites, de manière qu'ils ne purent s'approcher les uns des autres pendant toute la nuit.

Antoine de Padoue remplit sur la terre, et continue à remplir le ministère des Dominations. Tel fut l'appel de DIEU qui tire de la poussière, où il se cache, l'homme humble, pour le placer et le faire briller parmi les Princes de son peuple. Nous avons vu dans quelles circonstances providentielles cet Elu du Seigneur fut présenté à l'étonnement de ses Frères, et salué dès lors, par les siens et par les peuples, comme un maitre qui doit enseigner, comme un guide auquel on peut confier le gouvernement des âmes et de la chose publique. Il est le saint du monde entier, s'est écrié Léon XIII. N'est-ce pas dire que le nom d'Antoine de Padoue est connu, invoqué partout, que son influence s'étend sur tout, que son culte est toujours en honneur ? Par l'universalité de son prestige, par sa pérennité, par son ubiquité, il embrasse donc et les lieux et les temps et les peuples : il règne sur les intelligences, sur les cœurs, sur les volontés, il dispose en faveur des âmes qu'il attire à lui d'un charme tout-puissant et irrésistible, et, en faveur des corps qu'il guérit, des vertus et des éléments qui se mettent à son service.

Analogues à sa mission, conformes à sa vocation, en lui resplendissent les talents, les dons, les vertus, les grâces d'état, en un mot. Riche est sa mémoire; vaste est son intelligence; son imagination est chaude et fleurie comme le ciel d'Espagne ; il a le cœur sensible, affectueux, passionné pour le beau ; s'il a les grâces juvéniles d'un extérieur qui charme, il a la virilité d'une volonté droite et puissante dans la ligne du devoir et du bien. Ces qualités naturelles, il les a cultivées, entretenues, nourries à l'étude des grands maîtres, au spectacle de la nature, livre toujours ouvert à son âme poétique ; il les a fortifiées par la pratique des vertus ; il les a embellies par la grâce. Il prélude à son office de Domination, en se dominant d'abord lui-même.

Dès ce bas monde, il revêt déjà la ressemblance des Esprits célestes : la pauvreté qui le dégage de tout, lui donne leur liberté ; la chasteté le rend participant de leur nature; l'obéissance lui communique cette promptitude, cette agilité, symbolisées par ces ailes que les peintres chrétiens donnent aux envoyés de Dieu ; la charité le fait, comme eux, esprit de flamme. Comme les Dominations qui distribuent les lumières et les emplois aux Ordres inférieurs et les dirigent dans une vue d'ensemble vers l'exécution de la volonté divine, il commence par régner sur lui-même, maintenant dans l'ordre ses sens, réglant ses facultés, harmonisant toutes ses puissances, mettant au service du grand Roi l'homme intérieur et extérieur. Homme supérieur, ainsi apparaît-il alors devant les peuples et aux yeux de l'Eglise. A ces dons naturels, si bien harmonisés avec la grâce, Dieu ajoute des dons à lui, de ces dons qui manifestent le caractère surnaturel, et donnent à l'homme une consécration divine. Il fait participer son Elu à sa toute-puissance : Antoine de Padoue s'avance au milieu des populations comme enveloppé de miracles. Dieu lui communique cette sagesse si précieuse à Salomon pour le gouvernement de son peuple, trésor inépuisable d'où l'homme tire l'ancien et le nouveau.

Antoine étonne le Vicaire de Jésus-Christ qui, dans son admiration, l'appelle l'*Arche du Testament*, l'*Arsenal des Ecritures*. Dieu l'embrase de cet amour qui s'enflamme et s'alimente dans les proportions qu'il se livre et se dépense au salut des âmes. Antoine allume, élève dans les cœurs l'activité de ce zèle qui le consume pour la gloire divine. Celui qui dispose de toutes choses avec poids, nombre et mesure, et conduit avec force et douceur chaque créature à sa fin dernière, pénètre son élu de cette discrétion qui donne tant de prestige à l'autorité dans celui qui gouverne, inspire tant de confiance au commandement dans les sujets ; elle est elle-même un don inestimable, la qualité éminemment supérieure dans l'art des arts de la direction. « La discrétion, dit saint Bernard, instruit à ne rien faire de trop, ni rien de moins qu'il ne faut. Sans la ferveur elle ne fait que traîner : mais la ferveur embrasée, si elle n'est tempérée par la discrétion, pousse au précipice. La discrétion établit l'ordre dans la vertu, l'ordre lui donne le mode, l'éclat, la perpétuité. La discrétion n'est donc pas tant une vertu que la modératrice et le guide des vertus, la régulatrice des affections et la science des mœurs... la vertu est là où il n'y a ni excès ni défaut. » Tenez un juste milieu, dit à son tour saint Bonaventure : ne soyez ni trop triste, ni bruyant ; ni trop austère, ni faible ; ni trop familier, ni sauvage ; ni trop taciturne, ni loquace ; ni trop dur dans votre langage, ni flatteur ; ni trop rigide, ni relâché.

Que le bienheureux Antoine de Padoue n'ait pas toujours usé de discrétion à l'égard de son corps, avide qu'il était d'austérités et de pénitences, nous le confessons ; mais cette même discrétion a été son caractère distinctif et reconnu particulièrement à l'égard des autres, soit dans le gouvernement des communautés dont il eut plusieurs fois la charge; soit dans la direction des âmes, surtout au Tribunal de la Pénitence ; soit dans les détails dont il appréciait toute l'importance ; soit dans les vues d'ensemble dont il prévoit et semble prophétiser le résultat. Saint François d'Assise l'appelait son évêque ; le Pape Grégoire IX voulut le retenir auprès de lui, pour les affaires de l'Eglise ; l'Ordre Séraphique lui doit d'être resté dans sa ferveur primitive ; la hardissse tout apostolique d'Antoine dénonça Elie, et le fit déposer : il mérite d'être, et,

de vrai, il est au rang des fondateurs. « Les fondateurs sont des âmes d'élite, choisies de DIEU entre
mille pour un grand dessein. Mais ils se couchent
sous les bases de l'édifice pour en supporter le poids
et lui donner la solidité. « Je poserai, dit Isaïe,
dans les fondements de Sion une pierre éprouvée,
angulaire, précieuse, et qui deviendra un appui iné-
branlable. » C'est l'histoire prophétique de tous les
fondateurs : force cachée et raison dernière de
l'équilibre de leur œuvre, ils n'apparaissent pas tels
qu'ils sont ou qu'ils auraient pu être (1). » La vie
d'Antoine de Padoue, bien que féconde en travaux
et en mérites, fut de courte durée sur la terre ; d'un
autre côté l'humilité, sa vertu de prédilection, le
tenait constamment à l'écart : il n'aimait ni le bruit,
ni l'éclat ; il se prodiguait, sans merci, à la gloire de
DIEU et au salut des âmes, puis il s'effaçait et ren-
trait dans sa solitude. Il vécut d'ailleurs dans un
milieu, dans cette première partie du treizième siècle, qu'on peut appeler ces époques de transition,
où l'on se dégage laborieusement des ténèbres de la
période précédente : les choses flottent dans un
état d'indécision, l'homme est sous cette influence
et la partage ; tourné vers l'avenir qui profitera de
ses labeurs, « il est destiné à semer le grain afin que
d'autres recueillent l'épi (2). » Pour toutes ces raisons Antoine de Padoue ne sera pas extérieurement
l'homme supérieur parmi ses contemporains,
l'homme dont l'éclat éclipse tout autre éclat et fixe
à lui seul les regards ; il n'aura pas attaché son nom
à son siècle ; il lui a donné cependant cette impulsion dont la postérité a recueilli les immenses avan-

1. R. P. At. *Hist. de S. Ant. de Pad.* — 2. Id.

tages : l'influence qu'il exerça directement sur les âmes et indirectement sur les affaires de son temps fut profonde. La trace ineffaçable qu'il a laissée dans la mémoire des générations, les faits historiques auxquels il a été mêlé dans l'Eglise et dans l'Etat, non seulement en Italie, mais encore dans d'autres contrées de l'Europe, nous avertissent suffisamment que nous sommes en présence d'un homme plus qu'ordinaire. Il partagea avec ses frères, nés à la même heure du même souffle de l'Esprit-Saint, l'honneur de sauver la société chrétienne dans une crise où elle pouvait sombrer : il fut un des plus illustres parmi les enfants d'Israël (1).

1. R. P. At. *Hist. de S. Ant. de Padoue.*

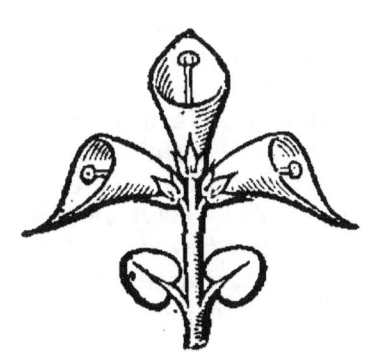

LES PRINCIPAUTÉS.

CHAPITRE V.

Ce que sont ces Esprits célestes. — Leur office : ils sont les Gardiens des royaumes, des diocèses. — Leurs analogues sont : dans l'armée, les généraux supérieurs ; dans l'Etat, les préfets ; dans l'Église, les Évêques. — Les Principautés dans la vision de Daniel : l'Ange des Juifs ; l'Ange des Perses ; l'Ange des Grecs. — Comment Michel, qui a la haute direction, tempère les vœux des uns et des autres pour la gloire de Dieu, leur commun Maître, et pour le plus grand bien de ces peuples dont ils ont la garde. — Les Princes du bien en face des Princes du mal. — Une liste de chefs ou de gardiens sataniques. — Comment Satan travaille à faire de Rome la capitale du monde, et le centre de l'idolâtrie universelle. — Curieux détails sur la manière dont les fameux Consuls prenaient les villes : sourires de nos bacheliers. — Dans les desseins de Dieu, Rome, centre de l'erreur, doit devenir le centre de la vérité, et la Capitale du monde chrétien. — Les deux camps. — Avec des intentions et par des moyens tout à fait opposés, les Princes du bien et les Princes du mal marchent vers le même but, et travaillent à la réalisation du plan divin. — La statue de Nabuchodonosor. — La petite pierre détachée de la montagne. — Rome a changé de Maître. — *Christus vincit, regnat, imperat.* — Saint Antoine continue sur la terre, comme il l'a rempli pendant sa vie mortelle, le ministère des Principautés. — Son culte universel. — *Posuerunt me in custodem.* — Lisbonne : l'Enfant et le Gardien de la Patrie. — Padoue : *Gaude, felix Padua.* Du sein de son tombeau, le Saint veille sur elle. — Brive ; ses Grottes ; l'amant du désert : le Saint monte la garde. — Les Calvinistes. — Les Franciscains reprennent possession de l'antique sanctuaire. — Monseigneur Berteaud.

<table>
<tr><td>Sante Antoni, gloria Jerusalem, lætitia Israël, honorificentia populi.
(Litan. ancienn. de S. Ant.)</td><td>Saint Antoine, gloire de Jérusalem, joie d'Israël, honneur de votre peuple.</td></tr>
</table>

Es Principautés, dont le nom signifie *conducteurs suivant l'ordre sacré,* ont la garde des nations et des royaumes, pour les conduire, chacun en ce qui le concerne, à l'exécution du plan divin. Dans ce ministère, dont les parties si importantes leur sont distribuées par les Dominations, les Principautés sont, à leur tour, secondées par les Anges immédiatement soumis à leurs ordres. De là résulte la magnifique harmonie dont parle saint Augustin : « Les corps inférieurs, dit le grand Evêque, sont régis par les corps supérieurs : et, les uns et les autres, par les Anges ; et les mauvais Anges, par les bons (1). » Lors de la dispersion des hommes, DIEU préposa à chaque nation, à chaque peuple, pour les conduire et les gouverner, deux chefs, l'un visible, l'autre invisible ; les chefs invisibles sont les Principautés : leurs analogues seraient dans l'armée, les généraux supérieurs ; dans l'Etat civil, les préfets ; dans l'Eglise, les Evêques. L'Apôtre saint Jean saluait, dans ce dernier sens, les Anges d'Ephèse, de Smyrne, de Pergame, de Thyatire, de Sardes, de Philadelphie, de Laodicée, tout en écrivant à chacun des Evêques de ces Diocèses.

La vision de Daniel sur les bords du Tigre est un témoignage sensible de la présence et du ministère des Principautés, préposées ainsi à la garde des nations et des peuples.

« Levant les yeux, je regardai, et voilà un homme vêtu de lin avec une ceinture d'or très pur autour des reins. Son corps était comme une chrysolithe, son visage comme l'aspect de la foudre, ses yeux comme des lampes ardentes, ses bras et ses pieds comme l'airain étincelant, et la voix de sa parole comme la voix des multitudes.... Et voilà qu'une main me toucha... et il me dit : Daniel, homme de

---

1. Mgr Gaume, *Traité du S. Esprit.*

désirs, entendez mes paroles et levez-vous debout ;
et pendant qu'il me parlait, je me tins debout, en
tremblant, et il me dit : Daniel, ne craignez point :
car, dès le premier jour que vous avez appliqué
votre cœur à comprendre et à vous affliger en présence de Dieu, vos prières ont été exaucées et je
suis venu. Il est vrai, le Prince du royaume des
Perses m'a résisté pendant vingt-et-un jours. Mais
voici que Michel, le premier d'entre les Princes, est
venu à mon secours, et je l'ai laissé auprès du roi
des Perses... et, lorsque je sortais... le Prince des
Grecs est venu à paraître... Maintenant je vous
annoncerai donc la vérité... » L'Ange développe
alors, sous les yeux du Prophète, l'histoire future du
monde; dont la Judée sera le principal théâtre et
dans laquelle les Juifs, en effet, joueront le plus
grand rôle jusqu'à ce que les temps s'accomplisent,
et que vienne celui qui doit venir.

L'Ange qui s'entretenait avec Daniel était l'Ange
préposé à la garde de la nation Juive. Quant à ce
Prince des Perses qui résiste et s'oppose à ce que
demandait Daniel, et quant au Prince des Grecs
que nous voyons paraître, ils sont d'après les meilleurs interprètes, avec saint Grégoire (Lyranus,
Estius, Ménochius,... S. Thomas, 19, a. 8,93), les
deux Anges préposés de Dieu à l'empire des Perses
et à celui des Grecs. Chacun d'eux plaidait en faveur
de sa nation. L'Ange des Juifs aura souhaité voir
tous ses chers captifs retourner à Jérusalem et le
temple se rebâtir promptement. L'Ange des Perses
aura représenté que l'avantage spirituel des peuples
qui lui étaient confiés, demandait qu'une partie des
enfants d'Israël restât au milieu d'eux. Et nous ver-

rons, en effet, par l'histoire d'Esdras, de Néhémie et d'Esther que cette circonstance ne contribua pas peu à conserver la connaissance du vrai DIEU dans les Capitales de cet empire, à la répandre parmi tous les peuples, et même, à en convertir un grand nombre. L'Ange des Grecs, dont l'empire devait succéder à celui des Perses, aura exposé des raisons semblables en faveur des siens. Michel, qui avait la haute direction de tout l'ensemble, aura tempéré les vœux des uns et des autres, pour la plus grande gloire de DIEU, leur commun Maître, et le plus grand bien des hommes leurs pupilles, d'après une connaissance supérieure qu'il aura eue des desseins de la Providence (1). »

Veiller sur les nations, sur les royaumes, sur les provinces ; leur conserver la foi, la connaissance et l'amour de DIEU ; diriger, concentrer vers l'unité et conduire à leur fin dernière toutes ces parties du gouvernement universel, tel est donc l'office des Principautés. Là, cependant, ne se borne pas leur ministère. Si les nations, les royaumes et les provinces ont pour chefs des princes, des anges qui veillent à leur prospérité, à leur bonheur, à leur salut, c'est qu'il est d'autres chefs, d'autres anges, d'autres princes qui travaillent à leur malheur et à leur perdition. Qui sont-ils ? Le Roi-Prophète nous l'apprend : *Dii autem gentium dæmonia.* Ces anges, ces princes des nations sont les démons.

Satan, à l'encontre de la conduite de DIEU qui envoie ses anges fidèles, députe à son tour et met

---

1. Rohrbacher, *Hist. univ. de l'Église.*

à la tête de chaque nation, diocèse (1) ou ville, ses
tenants, les partisans de sa révolte.

Satan est leur chef : il les inspire, il leur commande, ils obéissent. « La subordination mutuelle
entre les anges, dit saint Thomas (1 p., q. CIX,
art. 1 et 2, c. et ad 3), était, avant la chute, une
condition naturelle de leur existence. Or, en tombant, ils n'ont rien perdu de leur condition ni de
leurs dons naturels. Ainsi, tous demeurent dans les
Ordres supérieurs et inférieurs auxquels ils appartiennent. Il résulte de là que les actions des uns
sont soumises aux actions des autres, et qu'il existe
entre eux une véritable hiérarchie ou subordination
naturelle... Mais gardons-nous de croire que la
concorde des démons prenne sa source dans le
respect, les égards, l'amour réciproque de ces êtres
malfaisants. Elle a pour principe la haine et pour

---

1. Dans le *Diable au XIXᵉ siècle*, par le Dr Bataille, nous
avons recueilli un document qui tient, ici, naturellement sa place;
nous y trouvons la nomenclature de tous ces Anges apostats qui,
dans la France seulement, sont constitués chefs des provinces et
des diocèses, de par le grand chef général Bitru, délégué, lui-
même, par Lucifer. Voici, par ordre alphabétique, cette liste
intéressante :

Province d'Aix : Aix, Goolam — Ajaccio, Sigrist — Digne,
Farol — Fréjus, Baalperi — Gap, Karmolec -- Marseille, Cro-
meruach -- Nice, Sifflet.

Province d'Albi : Albi, Juju -- Cahors, Syamour — Mende,
Colloplasm -- Perpignan, Patural — Rodez, Aroe-Tacritau.

Province d'Auch : Auch, Smetbaba — Aire, Abray — Bayonne,
Rinoël -- Tarbes, Makkah.

Province d'Avignon : Avignon, Pierre-de-Feu — Montpellier,
Septivorax --- Nîmes, Bloïpilith -- Valence, Aminor — Viviers,
Roboam.

Province de Besançon : Besançon, Xiph -- Belley, Leminod-
don -- Nancy, Curiul -- Saint-Dié, Butadieu -- Verdun,
Mringaleth.

Province de Bordeaux : Bordeaux, Vauvert — Agen, Solo-

but la guerre au Verbe incarné, dans l'Eglise, son épouse, dans l'homme, son frère, dans la créature, son ouvrage. Hors de là, les démons se haïssent d'une haine immuable, et dont nul ne peut calculer la violence. (S. Th., 1 p., q. CIX, art. 2, ad 2.) (Mgr Gaume, *Traité du Saint-Esprit*.) Mais ils s'unissent dans un même but, sous la direction et les ordres de leur chef.

C'est ce que nous révèle la théologie de l'histoire. Nous voyons Rome absorbant, tour à tour, les empires du monde, pour devenir elle-même la maîtresse des nations. Si nous ne raisonnons pas l'histoire, si, surtout, nous ne l'étudions pas au flambeau de la foi, nous constatons des dates, des faits, des changements, des ruines, des victoires que nous attribuons au hasard, à la fatalité, au sort des armes. Il n'en n'est rien : tout se passe sous le regard de

---

métis — Angoulème, Lytau — Luçon, Oomer — Périgueux, Gornidas — Poitiers, Libidun — La Rochelle, Peau-de-Requin.

Province de Bourges : Bourges, Gomorith — Clermont, Beaudoin — Limoges, Sirsur — Le Puy, Delphicon — Saint-Flour, Tabelum — Tulle, Rabignol.

Province de Cambrai : Cambrai, Baltazo — Arras, Gueule-de-Volupté.

Province de Chambéry : Chambéry, Emneston — Annecy, Caïph — Saint-Jean-de-Maurienne, Samapibus — Tarentaise, Maître Persil, dit Saute-Buisson.

Province de Lyon : Lyon, Uphir — Autun, Baelboug — Dijon, Truffus — Grenoble, Etergadoul — Langres, Phaleg — Saint-Claude, Birban.

Province de Paris : Paris, Cordohar — Blois, Poseïdon — Chartres, Foudry — Meaux, Zarapata — Orléans, Le Dépendeur — Versailles, Beltram.

Province de Reims : Reims, Axaphat — Amiens, Lechart — Beauvais, Oilette — Châlons-sur-Marne, Rappatolen — Soissons, Sistro.

Province de Rennes : Rennes, Hahem — Quimper, Teusar poulier — Saint-Brieuc, Nouriçay — Vannes, Gauric.

cette Providence qui connaît et dirige les événements. Si les hommes entrent dans l'histoire et en fournissent la matière et les actes, DIEU, par ses Anges, en déroule la trame, en conduit les fils, en surveille la marche et la dirige à ses fins. Deux camps sont en présence : l'armée du Seigneur et l'armée de Satan, les Princes du bien et les Princes du mal ; les uns et les autres montant la garde auprès des nations, des provinces, des villes ; et, chose étonnante, les uns et les autres, bien qu'avec des intentions tout à fait opposées, travaillant, cependant, au même but, centralisant leurs forces vers l'unité : faire de Rome la capitale du monde. Que telle a été toujours la politique de Satan, rien de plus facile à constater : considérée à son vrai jour, l'histoire le démontre à chaque page. Si les villes, si les capitales, si les peuples, si les provinces,

---

Province de Rouen : Rouen, Fume-Bouche — Bayeux, Carniveau — Coutances, Ptyas, dit Motelu — Evreux, Alassor — Séez, Sacrati.

Province de Sens : Sens, Uapinell — Moulins, Mecrixas — Nevers, Bouphegau — Troyes, Trisku.

Province de Toulouse : Toulouse, Barapati — Carcassonne, Gros-Menard — Montauban, Tarbouchik — Pamiers, Halipleumon.

Province de Tours : Tours, Kolmouth — Angers, Vulvafelix — Laval, Nanoni — Le Mans, Omnibor — Nantes, Gargomella.

Algérie : Alger, Dididi — Constantine, Wümlazer — Oran, Brostyx.

Ce document, écrit par un « génie de feu », porte la date du 1er décembre 1893.

Suivent les signatures des principaux chefs composant le Conseil.

Parfait conseil des dix-neuf pour l'administration et discipline des Daimons de France (siégeant une fois par semaine, à minuit, dans la nuit du vendredi au samedi, au chef-lieu de chaque diocèse, à tour de rôle.)

si les royaumes s'inclinent devant les aigles romaines et se rendent, pour ainsi dire à merci, ce n'est pas tant à la valeur, aux forces, au prestige de leurs fiers conquérants que les vaincus se soumettent : ils étaient de taille à lutter, à lutter longtemps, et à faire payer bien cher leur défaite. Mais ils étaient abandonnés de leurs dieux protecteurs, qui, tour à tour, sur l'ordre de leur chef, désertant leur poste, passaient au camp du vainqueur. Les Romains ne l'ignoraient pas, et, sans comprendre peut-être le secret et le but de la politique de Satan, ils en étaient les agents dociles.

« Ils avaient pour coutume, en assiégeant une ville, d'en évoquer, au moyen d'un charme *(carmen)*, les dieux tutélaires. Sans cela, ou ils ne croyaient pas pouvoir prendre la ville, ou ils auraient regardé comme un crime d'en faire les dieux prisonniers.

Bitru, ambassadeur de Lucifer pour la France, grand-maitre, président du Conseil.

Cordohar, grand lieutenant, premier vice-président.

Vauvert, deuxième vice-président.

Uphir, grand daimon d'éloquence, promoteur.

Axaphat, promoteur-suppléant.

Baltazo, grand secrétaire du Conseil.

Goolam, secrétaire-adjoint.

Gomorith, grand maitre des cérémonies.

Smetbaba, grand ministre des récompenses.

Xiph, grand terrible ou pénitencier.

Kolmouth, grand dépositaire des pactes.

Juju, grand dispensateur des sorts (des maléfices).

Fume-Bouche, grand capitaine des nuées, **couvreur du** Conseil.

Hahem, grand vigilant du sud-est.

Pierre-de-Feu, grand vigilant du sud-ouest.

Emneston, grand vigilant du nord-est.

Uapinell, grand vigilant du nord-ouest.

Barapati, porte-étendart du Conseil.

Dididi, grand annonciateur, hérault d'armes.

Voilà pourquoi les Romains eux-mêmes ont voulu
et que la divinité protectrice de Rome, et que le
nom mystérieux de leur ville fussent complètement
inconnus, même des plus savants. L'évocation qu'ils
avaient faite souvent contre leurs ennemis, ils ne
voulaient pas qu'une indiscrétion permît à personne
au monde de la faire contre eux (1). » « D'ailleurs,
les dieux demeuraient immobiles et l'évocation
sans effet, si l'on ne prononçait pas le nom propre,
le nom mystérieux de la ville ou du lieu dont on
voulait les faire sortir (2). »

Ainsi donc, la première opération d'un général
romain quel qu'il fût, en mettant le siège devant
une ville ou sur le point de livrer bataille, était
d'appeler à lui les dieux protecteurs de l'armée ou
de la ville ennemie (3). Mais comment connaissait-
il le nom mystérieux de ce lieu ou de cette ville à

On connait également les noms des divinités tutélaires de la
plupart des villes de l'antiquité. Au jour et à l'heure, disaient les
païens, où s'élèvent les murailles d'une ville, arrive un destin
ou un génie dont le gouvernement assurera la puissance de la
cité (Prudent., adv. Symmach. lib. II.) Ainsi, le protecteur de
Dodone était Jupiter ; de Thèbes, Bacchus ; de Carthage, Junon;
de Mycènes, Pluton ; d'Athènes, Minerve; de Delphes, Apollon;
des forêts d'Arcadie, Faune ; de Gnide et de Paphos, Vénus,
ainsi de bien d'autres. (Martial. De romana tutel. deor. evoca-
tione).

1. *Saturn.* lib. III. cap. IX.

2. Garnier... C. X, p. 37.

3. Voici la formule d'évocation, mise en usage. Macrobe, qui
la cite, déclare l'avoir puisée dans un très ancien livre d'un certain Furius : « Dieu ou déesse, qui que tu sois, protecteur de
cette ville ou de ce peuple ; toi, surtout, à qui la garde de ce
peuple et de cette ville a été spécialement confiée, je vous prie,
je vous honore, je vous conjure de déserter ce peuple et cette
ville ; d'abandonner leurs terres, leurs temples, leurs sacrifices,
leurs habitations, et de vous en éloigner ; d'oublier ce peuple et

l'évocation duquel était attachée la victoire ? les oracles étaient consultés, et Satan répondait. Satan, nous l'avons dit, voulait Rome pour capitale. Or, qui veut la fin veut les moyens. Il est donc très naturel qu'il ait enseigné aux Romains la manière de désarmer leurs ennemis, c'est-à-dire de les destituer du secours des démons que lui-même leur avait délégués. Tous les démons subalternes ne devaient-ils pas céder devant les ordres de leur roi ? et en cédant, contribuer à la formation de son empire ? Aussi tous manifestaient un grand désir de venir à Rome. » (Ansaldi, p. 26 à 28. *Traité du S. Esprit.*)

Rome est donc devenue le rendez-vous général de tous les dieux des nations vaincues : la voilà centralisant toutes les erreurs du paganisme, résumant dans une sorte d'unité toutes les branches de l'idolâtrie : Satan a mené à bonne fin sa politique ; il triomphe ; le monde entier l'adore. Jamais, pourtant, il ne fut aussi près de sa ruine : un plus fort surviendrait pour le chasser et ce plus fort était là... Le plan de DIEU, dont la politique était conduite par les Princes du bien à travers tous les obstacles suscités par les Princes du mal, allait se réaliser. L'unité était aussi son but. La capitale de l'erreur devait être la capitale de la vérité. Rome, qui supportait le monde personnifié dans le colosse à la tête d'or, à

cette ville et de répandre sur eux la crainte et l'épouvante : après être sortis, de venir à Rome chez moi, et chez les miens ; et de donner vos préférences et vos faveurs à notre pays, à nos temples, à nos sacrifices, à notre ville ; d'être désormais mes protecteurs, ceux du peuple romain et de mes soldats, de manière à ce que nous en ayons la preuve certaine. Si vous le faites ainsi, je vous voue des temples et des jeux.(Macrob. *Saturnal.* lib. III. C. IX.)

la poitrine d'argent, au ventre et aux cuisses d'airain, aux jambes de fer, allait être frappée à ses pieds, moitié fer et moitié argile, par la petite pierre qui est le CHRIST : *petra autem erat Christus.* La vision expliquée par Daniel au roi Nabuchodonosor faisait place à la réalité ; la prophétie, à l'accomplissement : Rome païenne avait absorbé tour à tour l'empire des Assyriens, l'empire des Perses, l'empire des Grecs, l'ancien monde ; elle allait être absorbée par l'empire universel du CHRIST, qui n'aurait point de fin : la petite Pierre devint la grande montagne qui remplit toute la terre. Le CHRIST avait paru. C'est pour lui, sans le savoir, et surtout sans le vouloir, que Satan avait travaillé en définitive. Certes, son but n'était pas, « en mêlant les peuples et en les agglomérant sous la main de Rome, de les préparer à la diffusion de l'Evangile, » et c'est ce qu'il a fait. De plus, toujours sans le savoir, et surtout sans le vouloir, il a rendu plus éclatante la victoire du CHRIST et manifesté la divinité de son empire. « Cet empire, en effet, aux prises dès son berceau avec toutes les forces de l'enfer, élevées à leur plus haute puissance, grandit contre toute vraisemblance, et devint aux yeux de l'univers entier le miracle vivant d'une Sagesse qui se jouait du Fort armé, et qui triomphait par ce qui devait amener sa ruine, la mort et les supplices. Satan est donc vaincu, avant comme après. Avant : les empires qu'il avait successivement absorbés, comme trophées de son orgueil et bases de sa domination, DIEU les gardait comme conquêtes du CHRIST, et, par le ministère des Princes du bien, il les préparait à l'avènement de son règne, ou les faisait servir à la réalisation de ses desseins. C'est ainsi que par les Assyriens il maintint son peuple dans le devoir ; il se servit des Perses pour le ramener en Judée, et conserver la nécessaire distinction des tribus ; des Grecs, pour préparer les voies à l'Evangile ; des Romains, pour accomplir avec éclat les prophéties relatives à la naissance du Rédempteur (1). » Il fut vaincu après : c'est ce que nous voyons, c'est ce que nous constatons. Rome a changé de Maître : c'est le CHRIST qui triomphe ; c'est lui qui commande ; c'est lui qui règne.

Antoine de Padoue a rempli et continue à remplir sensiblement dans le monde le ministère des Principautés. Sa sollicitude, non moins efficace que persévérante, embrasse avec un soin jaloux les royaumes, les provinces qui se mettent sous son patronage. « De très bonne heure, on lui dédia des églises, des monastères ; les pauvres pêcheurs de l'Océan et de la Méditerranée placèrent son image sur leur barque et mirent à la voile en l'invoquant. Les grands navigateurs du quinzième siècle le mêlèrent à leurs entreprises, et partagèrent avec lui la gloire des conquêtes en leur donnant son nom. Le cap Vert eut son île Saint-Antoine. Les pointes de Cuba, de Rio, de La Plata, de Terre-de-Feu et des Etats-Unis devinrent autant de caps Saint-Antoine. Au Texas, au Mexique, au Brésil et dans toute la République de l'Equateur, plusieurs villes s'appelèrent Saint-Antoine. Les rivières elles-mêmes reçurent ce baptême. Les colonies rivalisèrent avec les métropoles : des deux côtés de l'Atlantique il y

---

1. Mgr Gaume *Traité du S. Esprit.*

avait une noble émulation pour dilater le culte de l'Apôtre de Padoue (1). »

En dehors de ces monuments, de ces témoignages qui proclament ainsi l'universalité de son culte, il est des provinces, il est des cités dont il a la garde spéciale, et qu'il couvre d'une protection particulière, soit par les faveurs qu'il leur accorde, soit en les détournant des dangers qui les menacent. Lisbonne, patrie du saint, se présente au premier rang : elle lui consacra d'abord l'autel majeur de la cathédrale (2). Plus tard elle érigea sous son vocable une magnifique église, bâtie sur l'emplacement de sa maison paternelle (3). Elle célébra chaque année sa fête, selon le rit de seconde classe, avec vigile et octave, procession matin et soir, et cessation des œuvres serviles, le tout avec l'approbation du Saint-Siège (4).

Chose vraiment merveilleuse et qui prouve combien sa patrie était chère au cœur d'Antoine de Padoue, le jour où son illustre concitoyen fut canonisé, Lisbonne éprouva soudainement un de ces tressaillements de joie dont elle ne put, tout d'abord, se rendre compte. « Les hommes, les femmes, saisis d'une inspiration subite, sortirent à la même heure de leurs maisons, et, se répandant sur les places publiques, ils se mirent à chanter, à danser, à trépigner. Toutes les cloches de la ville sonnèrent à la fois et exécutèrent de joyeux carillons sans qu'aucune main leur imprimât le mouvement. » Antoine

---

1. P. At. *Vie de S. Ant. de Padoue.*
2. *Liber miraculorum. Apud Bolland.*
3. *Vita anonyma. Apud Bolland.* Cap. I.
4. *Liber miraculorum. Apud Bolland.* Cap. V.

de Padoue annonçait ainsi miraculeusement, et le premier, la grande nouvelle (1). Sa naissance avait été également célébrée par des chants, et l'éloquence du grand théologien François Mendoza l'exaltait en ces termes : « Heureuse, trois fois heureuse Lusitanie ! Et toi aussi, ô Lisbonne, tu es heureuse pour bien des raisons ! Mais, parmi les cités les plus florissantes, aucune peut-être n'a goûté une félicité comparable à la tienne, ô Coïmbre ! De peur qu'il ne manquât quelque chose aux faveurs dont la nature vous a comblées, voilà qu'à la fertilité de votre sol, à la pureté salubre de votre climat, à la sécurité de vos ports, vient s'ajouter un nouveau bienfait qui met le comble à votre prospérité et rassasie vos désirs : ... O héros de la Lusitanie ! vous êtes à la fois l'enfant et le gardien de votre patrie ! Vous lui rendez ce qu'elle vous donna. Ce héros, c'est Antoine. Antoine couronné des vertus les plus magnifiques est l'honneur de Coïmbre et la joie de Lisbonne : il projette sur toute la Lusitanie un éclat qui est sa gloire la plus pure (2). »

Cependant, une autre cité se glorifiait en même temps que Lisbonne d'avoir Antoine pour Patron, et d'être sous sa garde fidèle. C'était Padoue : Padoue qui garde elle-même le tombeau du saint, comme Lisbonne garde précieusement son berceau. Du berceau de Lisbonne, l'Elu du Seigneur se lève et commence les premiers pas de sa vie mortelle, vie toute semée de mérites et de travaux ; du tombeau de Padoue, sa course consommée, l'Apôtre se lève pour recevoir la couronne et entre dans la vie

---

1. *Vita anonyma.* Cap. XIX. — *Liber miracul.*
2. *Vita anonyma.* — Elog. S. Antonii.

S. Antoine.   4

immortelle. Ce tombeau est donc aussi un berceau
que l'âme a quitté, et dans lequel le corps attend et
germe à son tour la glorification : entre ces deux
berceaux se partage l'éclat d'une vie qui s'épanouit
dans l'un et se couche dans l'autre, parce que sa
condition est mortelle, mais que DIEU ressuscite et
immortalise avec plus de gloire, même ici-bas.
Padoue est ainsi la patrie adoptive du saint. Elle
reçoit de l'Espagne ce legs inappréciable, et l'Italie
dans sa reconnaissance lui renvoie l'honneur de tant
de gloire : *Alumno felix inclyto congaudeat Hispania,
ex cujus tota merito fit celebris Italia* (1). Astre brillant suspendu au beau ciel d'Espagne, vous êtes le
flambeau de l'Italie et Padoue est tout illuminée
de votre splendeur. *O sidus Hispaniæ... tu lumen
Italiæ, ut sol nites Paduæ signis claritatis* (2). Il est
vrai qu'Antoine avait souvent manifesté sa prédilection pour cette ville. Là il avait opéré, dans un
premier Carême qu'il y prêcha, la transformation
totale des mœurs ; là éclatèrent, sinon ses plus merveilleux, du moins ses plus nombreux prodiges; là il
venait demander, se dérobant au tumulte des foules
et aux applaudissements du peuple, le repos du
corps tombant de fatigue, et le recueillement de
l'esprit, pour revoir et retoucher ses sermons. En
même temps il veillait sur cette ville chérie, pour
en détourner les fléaux, pour la défendre contre la
haine des méchants : deux fois, dans ce but, il alla
trouver le féroce Eccelin qui mettait tout le pays à
feu et à sang, le terrassa par sa hardiesse tout
apostolique, et l'empêcha, du moins pendant long-

---

1. Liturgie franciscaine du XIIIe siècle, hymnes des 2es Vê-
pres. — 2. Id.

temps, de poursuivre le cours de ses brigandages et de ses cruautés. Enfin, c'est à Padoue qu'il prêcha son dernier Carême, et qu'il consacra dans une suprême lutte contre le mal toute une vie d'apostolat. Sa voix se fera entendre encore, mais dans un adieu à sa chère cité :

« Environ quinze jours avant son trépas, dit la *Vie anonyme*, le bienheureux Antoine, assis sur une colline, regardait la plaine parée, à cette saison, de tous les charmes du printemps. Il jeta les yeux sur Padoue, qui s'épanouissait à son centre et semblait sortir d'un bouquet de fleurs. Alors, il ressentit un tressaillement intérieur ; il se mit à la féliciter de la beauté de son site et de la couronne que Dieu avait attachée à son front. Ensuite, il se tourna vers son compagnon de route, et il prophétisa la gloire dont elle serait bientôt comblée. Mais il ne dit pas quelle serait cette gloire, encore moins de qui elle viendrait. » L'avenir nous l'a révélé. Padoue reconnaissante éleva sur le sépulcre du saint, devenu glorieux et visité par les générations, une de ces basiliques qui feront à jamais l'admiration des siècles. Du fond de son tombeau, le Saint continue à veiller sur sa Patrie adoptive et la délivre encore une fois des cruautés du farouche Eccelin : il fait entendre sa voix au Fr. Barthélemy, gardien du couvent, et répond ainsi à ses supplications et à ses larmes :

« Ne crains rien, ne t'abandonne pas ainsi à la tristesse : car, pendant l'octave de ma fête, Padoue sera conquise par les Croisés, et elle jouira de nouveau de ses immunités et de sa gloire. » L'oracle ne fut pas menteur. « Le temps, ajoute le continuateur de l'Anonyme, n'enlève rien à la majesté et à la splendeur de la basilique du Saint : il lui donne, au contraire, chaque jour, un lustre nouveau. Ce n'est que justice, tant sont nombreux et considérables les miracles qui, jusqu'à maintenant, se produisent par les mérites et par l'intercession du très bienheureux Antoine que Dieu se plaît ainsi à glorifier... Telle est la vénération dont sa mémoire est entourée, non seulement à Padoue, mais encore dans les pays étrangers, qu'on accourt de toutes les Espagnes, du Portugal, de la France et de la Germanie pour visiter le tombeau du saint homme et vénérer ses saintes reliques (1). » Or ceci était écrit au dix-septième siècle, près de quatre cents ans après la mort de saint Antoine.

Plusieurs autres villes de la Péninsule, sans prétendre disputer à Padoue sa grande gloire, voulurent néanmoins bénéficier des faveurs du Saint, et se mirent sous son patronage. De nouveaux prodiges répondirent à la confiance de ces peuples. Les doges de Venise reconnurent son intervention dans les succès remportés sur les forces ottomanes, et lui firent hommage de leur triomphe : il fut déclaré *Père de la Patrie*. Florence n'oublia pas son ancien missionnaire et redoubla pour lui de reconnaissance, à l'occasion de la peste dont elle fut délivrée en invoquant son crédit merveilleux. Naples lui dédia une statue d'argent, pour reconnaître ses bienfaits et ses miracles, et le mit à son tour au nombre de ses patrons privilégiés. Il n'est pas d'ailleurs de nation qui n'ait témoigné de son amour à saint Antoine par quelque souvenir extérieur, pas de province où il ne soit invoqué et payé de retour par

1. *Vita anonyma*, cap. XXX.

des actes publics de piété, pas de ville où l'on n'honore son image, où l'on ne s'enrôle dans la Confrérie instituée en son honneur.

La France devait se montrer à la tête de toutes ces nations, la plus fidèle, la plus empressée à payer au grand Saint le juste tribut de sa reconnaissance, à réclamer comme un droit les faveurs de son puissant Patronage. Que Lisbonne soit fière d'avoir son berceau, que Padoue se glorifie de garder son sépulcre, c'est justice : à la France l'honneur de l'avoir accueilli, d'avoir salué le jeune athlète au début d'une carrière qu'il devait parcourir presque tout entière parmi nous, d'avoir offert son sol généreux comme le vaste champ de son apostolat. Que l'astre se lève sur l'Espagne, qu'il illumine l'Italie de ses rayons mourants ; c'est la France qu'il a éclairée de ses plus vives splendeurs. Antoine a aimé la France ; il l'a prise sous sa protection ; il l'a défendue contre l'erreur ; il l'a sillonnée en semant les couvents, en marquant chacun de ses pas de toutes sortes de bienfaits : Montpellier où il enseigne la théologie ; Toulouse où il lutte contre la secte Albigeoise ; Brioude où il laisse ses Frères pour continuer son œuvre ; Arles où, le Chapitre Provincial s'étant réuni, il est désigné pour porter la parole et honoré, pendant son instruction, de la visite miraculeuse de saint François, qui apparaît à la porte de la salle Capitulaire, élevé en l'air, les bras en croix et bénissant l'assemblée ; Bourges où, prêchant au peuple à l'occasion d'une procession solennelle, il détourne l'orage qui menaçait l'assistance, lui trace des limites : la pluie tombe par torrents au-delà, pas une goutte sur l'auditoire : toutes ces villes, et bien d'autres, conservent vivant et glorieux le souvenir d'Antoine, de sa protection, de ses faveurs. Tour à tour Gardien du Puy en Velay et de Limoges, dont il a la custodie, il est comme un de ces Princes du bien qui veillent sur les peuples et sur les provinces.

Sentinelle avancée, il protège la place, promène au loin son regard sûr et tranquille, assure la paix, pousse le cri de guerre devant l'ennemi ; parfois, il descend dans la plaine, visite les sentiers, s'engage dans les forêts, dans les vallons, parcourt les hameaux, s'adresse aux populations des campagnes... de ces contrées il a la garde : *posuerunt me custodem.*

Cependant, il est une ville située dans le Bas Limousin, en Corrèze, qui a toutes ses préférences. C'est Brive. Antoine y fonda un couvent qui existait encore en 93, et sur les ruines duquel se trouvent établies aujourd'hui les Ursulines. A quelque distance de la ville, se trouvent des grottes assez vastes, autrefois sauvages, et dont l'accès, à travers les broussailles et les rochers, était plus que difficile ; aujourd'hui, bien qu'elles aient gardé ce caractère pittoresque qui est leur couleur locale, et que la main de l'homme n'ait fait, pour ainsi dire, qu'aider la nature à les embellir, elles sont, en effet, charmantes; on y arrive par de larges chemins, bien entretenus. Antoine les habita, et son séjour les a rendues célèbres, en a fait un sanctuaire, un lieu de pèlerinage.

Dans un vieux manuscrit de 1662 nous lisons textuellement ces paroles : « Après le décès de saint Antoine, qui eut lieu à Padoue en 1231, ce rocher fut consacré à l'honneur de ce Saint, et la dévotion croissant avec les miracles, il est aujourd'hui très fameux et très fréquenté. »

En 1463 il eut l'honneur d'une visite royale :
Louis XI, passant par Brive, vint s'agenouiller avec
toute sa suite et une immense population qui l'accla-
mait, sous ces rochers où un pauvre moine avait aimé à se retirer pour prier et s'unir à Dieu. En même
temps le couvent situé dans la ville recevait d'autres
hôtes : les grands de ce monde demandaient à
dormir leur dernier sommeil sous ces cloîtres silen-
cieux où planait, si vivant encore, le souvenir d'Antoine ; ils voulaient reposer comme sous le regard
et sous la protection du Saint. Anne de Beaufort,
femme d'Agnet de La Tour (1480) ; Anact de La
Tour, quatrième du nom (1489) ; François de La
Tour (1494), Antoine de La Tour, frère d'Agnet de
La Tour (1528), François de La Tour, fils du pré-
cédent et d'Antoinette de Pons (1532), obtinrent là
leur sépulture. Et les successeurs de saint Antoine,
sous la garde du Thaumaturge, continuaient son
œuvre d'évangélisation à travers le Limousin et la
Corrèze. C'est en vain que les Calvinistes fondent,
comme un terrible fléau, sur la ville, détruisent en
partie le couvent, chassent les moines dont deux,
Antoine de Bellevue et Etienne de la Borde,
cueillent la palme du martyre : les moines repa-
raissent en 1656, et, dans leur couvent restauré,
tiennent leurs Chapitres Provinciaux. Ils seront là
jusqu'en 93 (1). En vain, les grottes elles-mêmes
furent pillées, saccagées, profanées : les sentiers qui
y conduisent n'ont jamais eu à pleurer de ce que
personne ne venait aux solennités antiques dont le
sanctuaire fut le témoin et le théâtre. Le pèlerinage
n'a jamais subi d'interruption : le séjour d'Antoine

1. *Saint Antoine de Padoue*, par Bonnelye. Passim.

de Padoue a été visité de père en fils ; comme une tradition vivante, son souvenir a été légué de génération en génération ; on vient encore, comme on est venu toujours, de près, de loin, invoquer, chanter, remercier le guérisseur des malades, l'avocat si puissant des causes les plus désespérées, l'ami de Jésus et de la pauvre humanité. Antoine continue à vivre dans la confiance et dans l'amour de ces peuples, en continuant ses bienfaits et ses prodiges; les *ex-voto*, les souvenirs, les dons des fidèles, les chants de reconnaissance, l'empressement des foules témoignent qu'il en est ainsi. Aussi bien, on aime à prier là où Antoine a prié ; à reposer quelques instants là même où il venait se recueillir et reprendre des forces pour de nouveaux travaux apostoliques ; à demander lumière et courage là où lui-même implorait l'assistance d'En-Haut dans ses luttes contre Satan. Là, on vénère, sous le vocable de *Notre-Dame de Bon-Secours*, une gracieuse et antique image de la Vierge Mère, qui vint, en effet, et personnellement au secours d'Antoine, assailli par l'Esprit de ténèbres ; là, on se désaltère à ces eaux qui reçurent au contact des lèvres d'Antoine la vertu de guérir les malades ; là, on épanche son âme, on laisse parler son cœur devant ce buste d'Antoine que tant de générations ont salué, ont baisé, et qui renferme une précieuse relique du Saint. Ni le temps, ni la haine des Calvinistes, ni le marteau des révolutionnaires n'ont pu faire disparaître bien des souvenirs qui se sont identifiés à ces roches, moins encore effacer de la mémoire des peuples le nom et l'amour de l'hôte qui les habita. Saint Antoine en a pris possession : de là, il monte la garde, veille sur tout le pays, et on aime à se reposer sous son patronage. Ses frères, les fils de saint François, viennent-ils à être dispersés par la persécution, il les rappelle ; il renoue ainsi les anneaux d'une tradition de famille, vivante et six fois séculaire.

C'est ainsi qu'en 1874, ce sanctuaire vénéré a revu les Franciscains, qui continuent auprès des populations l'œuvre de leurs aînés, l'œuvre d'Antoine. Belle fête que présidait l'évêque de Tulle, Monseigneur Berteaud. Il laissa tomber de ses lèvres, dans cette circonstance, une de ces allocutions qui charment, qui électrisent, et dont il a si bien le secret. Plus de trois mille personnes formaient son auditoire ; un frémissement de joie et d'amour souleva cette multitude en entendant le Chantre du Verbe célébrer ainsi le grand thaumaturge : « M. F., Ces lieux que vous contemplez ont été témoins des soupirs embrasés d'un amant passionné du CHRIST, d'un *diseur* harmonieux qui chantait si bien les Écritures, qu'un Pape, Grégoire IX, le surnomma l'*Arche du Testament*. Ses commentaires sur les pages divines sont comme une cithare d'or, comme une lyre harmonieuse qui redit les hymnes les plus magnifiques en l'honneur du Verbe incarné. L'enfant Jésus, de son doigt gracieux et éloquent, avait touché sa lèvre et lui faisait prononcer des syllabes d'or.

» Ce chantre superbe, on l'a surnommé Antoine de Padoue : eh bien ! moi, je veux l'appeler Antoine de Limoges, Antoine de Brive. »

~ LES PUISSANCES. ~

CHAPITRE VI.

Office de ces Esprits célestes : enlever les obstacles qui s'opposent à l'exécution des ordres divins, en éloignant les mauvais Anges qui assiègent les nations, pour les détourner de leur fin. — De combien de manières les Puissances du mal peuvent nuire à l'homme. — Leur acharnement, surtout contre la femme. Pourquoi ? — Dans les filles d'Ève, le Dragon poursuit *la Femme:* et dans la *Femme*, la nature humaine que devait prendre le Fils de la *Femme*. — Son orgueil, dernier mot de cette persécution sans fin. — Marie est la personnification vivante de l'Eglise : *Ipsa conteret caput tuum.* — Les noms divers du chef des Puissances du mal. — Son pouvoir formidable. — Il ne peut, cependant, que ce que Dieu lui permet : le saint homme Job. — Comment les Puissances du mal sont les ministres de la justice divine : l'Ange exterminateur. — Le camp de Sennachérib. — Comment, à leur tour, les Puissances du bien vengent les droits de Dieu : Héliodore ; et comment elles protègent et défendent le Juste : Elisée. — Les Anges de l'Apocalypse. — *Mittet Angelos qui colligent de regno suo scandala.* — Saint Antoine de Padoue remplit le ministère des Puissances célestes : Il lutte personnellement contre les Puissances du mal : le signe de la Croix dans la cathédrale de Lisbonne ; l'*O gloriosa Domina* dans les Grottes de Brive. — Le courrier mystérieux dans une église du Puy en Velay ; les dévastateurs nocturnes près du couvent de Brive ; le serment brusquement interrompu à Saint-Junien, dans le Limousin. — Comment il chasse les démons : le Bref miraculeux. — Il lutte contre les Puissances du mal dans leurs suppôts et dans leurs ministres. — L'infatigable Marteau des hérétiques. — Le breuvage empoisonné : Rimini. — L'archevêque de Bourges. — Eccelin le féroce. — Elie de Cortone. — *Insta opportune, importune : argue in omni patientia et doctrina.*

Orci fugavit agmina	Il mit en fuite les noirs ba-
Infunda, et ægris artubus	taillons des Puissances infer-
Salubre robur indidit,	nales, redressa pleins de force
Pacemque in orbem intulit.	les membres malades et appor-
Hymne à S. Ant.	ta la paix aux peuples.
Wadding (Ann. Minor).	

REVÊTUS, comme leur nom l'indique, d'une autorité spéciale, ces Anges sont chargés d'ôter les obstacles à l'exécution des ordres divins, en éloignant les mauvais Anges, qui assiègent les nations, pour les détourner de leur fin. Dans l'ordre humain, leurs analogues sont les puissances publiques, chargées d'éloigner les malfaiteurs, et d'ôter ainsi les obstacles au règne de la justice et de la paix (1).

On le voit, ces Esprits célestes partagent les fonctions des Principautés, et les secondent dans leur ministère, en ce sens qu'ils défendent contre les puissances du mal les nations, les peuples, les villes, que les Principautés contiennent dans le devoir, gardent dans la justice, et dirigent à travers toutes les vicissitudes vers l'accomplissement des desseins de Dieu.

Cependant, c'est l'homme, ou plutôt la nature humaine qu'ils sont chargés spécialement de défendre, de protéger contre les attaques et les invasions de l'Esprit du mal.

Or, il est de science certaine « que les Puissances infernales peuvent enlacer l'homme de liens visibles et invisibles, comme un vainqueur peut charger de fers son prisonnier ;

» Qu'elles peuvent fermer son esprit à l'intelligence des choses divines ;

» Qu'elles peuvent l'attaquer dans son corps et dans son âme ; fondre sur lui en grand nombre ; se présenter à lui sous forme de spectres et de fantômes ;

» Qu'elles peuvent lui prêter leur vertu malfaisante; s'emparer de lui, le posséder ; communiquer à son

---

1. Apud S. Thom. I p., q. CVIII, art. 6, corp.

esprit des connaissances, et à son corps des forces et des aptitudes surhumaines ;

» Qu'elles peuvent, enfin, le harceler d'une manière plus terrible dans ses derniers moments ; et, au sortir du corps, disputer à son âme le passage de la bienheureuse éternité (1). »

De ces renseignements, puisés aux sources les plus pures, résulte la certitude d'une action incessante, générale, particulière des démons sur l'homme : et, pour perdre l'homme dans son âme et dans son corps, ils prennent tous les caractères. La nomenclature en est vraiment effrayante. Esprits de divination ou pythoniques, *Spiritus divinationis*, ils séduisent le monde, révèlent des secrets, disent les oracles ; Esprits de jalousie, *Spiritus zelotypiæ*, ils jettent dans les âmes les sentiments de Caïn contre Abel, ou des Juifs contre le Seigneur ; Esprits de méchanceté, *Spiritus nequam*, ils inspirent toutes les noirceurs ; Esprits de mensonge, *Spiritus mendacii*, ils sont maîtres de l'hypocrisie et négateurs audacieux de la vérité connue ; Esprits de vengeance, *Spiritus ad vindictam*, ils substituent la loi de haine à la loi de charité, allument les guerres, provoquent les rixes, et conduisent à l'assassinat sous toutes les formes ; Esprits de fornication, *Spiritus fornicationis*, ils font de l'innocence leur mets favori ; Esprits immondes, *Spiritus immundi*, leur étude consiste à effacer dans l'homme jusqu'aux derniers vestiges de l'image du Verbe incarné, en le faisant descendre au-dessous de la bête ; Esprits de maladie, *Spiritus infirmitatis*, ils affligent l'homme

---

1. Rituel, passim ; Pontifical... *Traité du S. Esprit.*

dans son corps, tandis que son âme est déchirée de blessures ou *tuée* (1).

En disant l'homme, nous disons aussi la femme : nous comprenons la race humaine, contre laquelle les puissances du mal s'acharnent pour l'avilir ; la femme, plus que l'homme, la femme, surtout, est l'objet de leur haine implacable. « Partout où Satan a régné, partout où il règne, la femme est la plus malheureuse créature qu'il y ait sous le ciel. Esclavenée, *bête de somme, battue, vendue*, outragée de toute manière, accablée des plus rudes travaux, son histoire ne peut s'écrire qu'avec des larmes de sang et de boue. Pourquoi cet acharnement de Satan contre l'être le plus faible et dont il semble, par conséquent, avoir moins à craindre ? Nous n'en saurions douter : c'est une vengeance du Dragon (2). Remontons à la cause.

« Un grand combat, dit S. Jean, eut lieu dans le ciel. Michel et ses Anges combattaient contre le Dragon, et le Dragon combattait avec ses Anges : mais ceux-ci furent les plus faibles et leur place ne se trouva plus dans le ciel. Et le grand Dragon, l'ancien serpent, appelé le Diable et Satan, qui séduit toute la terre habitable, fut précipité, et ses Anges avec lui. » Cette lutte mémorable fait suite à l'apparition du grand signe : c'était la Femme, revêtue du soleil, ayant la lune sous ses pieds, et sur sa tête une couronne de douze étoiles. Et elle était comme dans les douleurs de l'enfantement. Or, le Dragon roux... dont la queue entraînait la troisième

1. Id. *Traité du S. Esprit.*
2. Mgr Gaume. *Traité du S. Esprit.*

partie des étoiles du ciel, s'arrêta devant la femme qui devait enfanter, afin de dévorer son fils aussitôt qu'elle en serait délivrée. Et elle enfanta un enfant mâle, qui devait gouverner les nations... et il fut enlevé à DIEU et à son trône.. Et le Dragon poursuivit la femme, qui s'enfuit dans le désert, où elle avait une retraite que DIEU lui avait préparée. »

Qui ne voit ici le grand mystère du Verbe qui devait s'incarner, naître de la femme, et dont la révélation fut faite aux Anges et proposée comme épreuve ? Mystère, en effet, qui fut salué, applaudi, adoré par les uns, et qui détermina chez les autres un cri de révolte. Cette nature humaine que devait prendre le Verbe, Lucifer en fut jaloux : la nature angélique n'était-elle pas supérieure à la nature humaine ? Ebloui lui-même de sa noblesse et de sa beauté, il désira l'union hypostatique, l'office de médiateur et la place réservée à l'humanité du Verbe, comme lui convenant mieux qu'à la nature humaine à laquelle le Verbe devait s'unir. Vouloir s'en emparer était donc de sa part un acte de rapine. C'est pourquoi il est appelé voleur. (S. Joann. X.) — (Viguier — Ruard — Molina — Rupert.)

De plus, il prétendit non seulement s'élever par lui-même jusque dans le ciel, mais encore, tuer le CHRIST, envahir son trône et marcher son égal. C'est pourquoi il est appelé Homicide dès le commencement du monde, en attendant qu'il consomme ses forfaits sur le Calvaire par les mains des Juifs. Il insinua aux Anges de le choisir lui-même pour médiateur, ou moyen de parvenir à la béatitude surnaturelle, au lieu du Verbe incarné, prédestiné de toute éternité à cette mission. Tel est le sens de ces paroles : Je monterai dans le ciel, je placerai mon trône au-dessus des astres les plus élevés. Je siégerai sur la montagne de l'alliance, aux flancs de l'aquilon. Je monterai sur les nuées. Je serai semblable au Très-Haut (Isa. XIV, 13-14). Il lui est répondu : Tu ne monteras pas, mais tu descendras, et tu seras traîné dans l'abîme. (Isa. XIV, 1.) (1)

Précipité du ciel avec tous ses tenants qui avaient acquiescé à ses suggestions, il vint faire la guerre à la race humaine, à l'homme, dont le Verbe prendrait la nature ; à l'homme frère du Verbe incarné, mais surtout à la femme. Mais pourquoi donc s'attaque-t-il spécialement à la femme, pauvre, chétive, fragile créature ? C'est que, dans la femme fille d'Ève, il voit la Femme par excellence ; celle de qui le Verbe prendra la nature humaine ; celle de qui il fut dit au Serpent : « Entre elle et toi, entre ta race et la sienne, c'est l'inimitié éternelle... elle t'écrasera la tête. C'est par cette Femme que DIEU se fera homme, afin que l'homme soit DIEU. Cette Femme est Marie. L'Ange du Seigneur, nous dit l'Évangile, descendit à Nazareth auprès d'une vierge, épouse de Joseph, issue du sang de David ; et le nom de la vierge était Marie. Et l'Ange lui dit : Je vous salue, ô pleine de grâce... voilà que vous concevrez et enfanterez un fils. Il sera grand, il sera appelé le Fils du Très-Haut... Et elle répondit : Voici la servante du Seigneur, qu'il me soit fait selon votre parole... Et le Verbe se fit chair et il a habité parmi nous. Marie est cette Femme de l'Apocalypse revêtue du soleil, ayant la lune sous ses pieds et à son front une couronne de douze

---

1. Passim, Mgr Gaume, *Traité du S. Esprit.*

étoiles (1), comme elle est la Femme de la Genèse
qui doit détruire la puissance du Serpent ; comme
elle est la Femme de tous les siècles à qui l'Eglise fait
hommage de chacune de ses victoires sur toutes les
hérésies : *Gaude, Maria Virgo, cunctas hæreses sola
interemisti in universo mundo.* Et le Dragon persé-
cuta Marie durant sa vie mortelle, comme il persé-
cuta Jésus, le Fils de la Femme. C'est Marie qu'il
avait persécutée dans Eve, sa mère et sa figure ;
c'est Marie qu'il continue à persécuter dans l'Eglise,
dont elle est la mère et la personnification vivante.
Nous disons *la mère*, car elle a conçu et engendré
l'Eglise en concevant, en engendrant Jésus, dont
l'Eglise est le prolongement et l'incarnation conti-
nuée ; elle n'est pas seulement la mère du Chef, elle
l'est, en même temps, des membres ; mère, en un
mot, du corps tout entier qu'une même vie anime.
Nous disons *la personnification vivante de l'Eglise*,
car c'est d'elle, d'abord et principalement, qu'on
peut dire tout ce qu'on dit de l'Eglise ; de plus, c'est
par elle que l'Eglise reçoit tout ce qu'elle a, tout ce
qu'elle est. De même que le cou dans le corps humain, selon une comparaison de S. Bernardin de
Sienne, met en communication la tête et les membres, transmet aux membres les forces, les énergies
de la tête, ainsi Marie, placée dans l'Eglise comme
le cou dans le corps humain, au-dessous de Jésus,
le chef, au-dessus des âmes, les membres, transmet
à ceux-ci, de la source infinie, les grâces qui font
les élus et les saints, dont elle est la première et la

---

1. Ita sentiunt Ambrosius, Andreas, Ansbertus, Haymon,
Areta, Pannonius, Gagneius, necnon S. Augustinus, lib. IV,
De Symbolo ad Catechumenos, cap. 1, et S. Bernardus, *Serm.
de B. Virgine*, circa hunc Apocalypseos locum.

reine. « Ainsi, la femme, objet de la haine éternelle de Satan, c'est Eve, c'est Marie, c'est l'Eglise ; ou plutôt, c'est Marie, toujours vivante dans Eve et dans l'Eglise... Son existence nous donne le dernier mot de la grande lutte que nul, sans cela, ne saurait comprendre ; de même que sa mission, immortelle comme son existence, explique l'immortalité de la haine infernale dont elle est l'objet et nous avec elle : *Persecutus est mulierem quæ peperit masculum* (1).

Inutile d'ajouter avec quelle rage, quelle persévérance, quel déploiement de ruses, d'industries, il s'acharne à poursuivre la race humaine, à la pervertir, à la défigurer, à la perdre : l'homme et la femme, l'enfant et le vieillard, le grand et le petit, le savant et l'ignorant, le riche et le pauvre, tous les âges, tous les états, toutes les conditions, l'humanité tout entière, voilà sa haine à lui, et nul ne trouve grâce devant son projet arrêté, irrévocable de destruction et de ruine.

« Ce n'est pas en vain qu'on l'appelle le Dragon, le Serpent, le Vautour, le Lion, la Bête, l'Homicide, le Démon, le Diable, Satan. Il a incarné tous les caractères, et, sous ces titres différents, c'est le même être. Il revêt la forme monstrueuse du dragon, il en a la cruauté, le souffle empoisonné, l'aspect épouvantable. C'est sous cette forme qu'il fut combattu mainte et mainte fois par les serviteurs de Dieu : en Bretagne, par saint Armel, saint Tugdual, saint Efflam, saint Brieuc, saint Paul de Léon. Rome, Paris, Tarascon, Draguignan, Avignon, Périgueux, le Mans, et bien d'autres lieux en Ecosse et ailleurs, furent témoins du même combat.

1. Mgr Gaume, *Traité du S. Esprit*.

« Vieux serpent, il l'est par la ruse, par le venin, par la puissance de fascination ; et sous la forme de ce hideux reptile, il s'est fait adorer tour à tour des Babyloniens, des Égyptiens, des Grecs, des Romains, comme l'adorent encore aujourd'hui les peuples dégradés de l'Afrique.

» Vautour, il a l'agilité de cet oiseau de proie, son habileté à découvrir sa victime, sa promptitude à fondre sur elle, et cette cruauté avec laquelle il lui suce le sang et dévore les chairs.

« Lion, il rôde sans cesse autour de nous, dit saint Pierre, toujours en fureur et cherchant une proie.

» Bête : réunissons sous ce titre tous les caractères les plus redoutables, et en même temps les plus ignominieux, tout ce que l'imagination peut concevoir pour composer un monstre, nous aurons la bête proprement dite.

» Homicide : il le fut du Verbe, de volonté et de fait. Il le fut des Anges, en les entraînant à sa révolte et à leur damnation. Il le fut, il l'est des Saints, depuis Adam jusqu'au dernier de ses enfants qui sera la continuation vivante du Verbe incarné. Il l'est de l'homme en général, quant à son corps et à ses puissances, par la mutilation et le suicide ; quant à son âme et à ses facultés, par l'erreur, le mensonge, la dégradation et la mort éternelle.

» Démon : c'est-à-dire, intelligent, savant, voyant : il n'a rien perdu de ses facultés naturelles ; or, avant sa chute, il était parmi les Anges un des plus accomplis, sinon le plus accompli en perfections.

» Diable : c'est-à-dire, calomniateur, semeur de

discordes. La calomnie implique le mensonge et l'outrage. Quant au mensonge, il en est le père : *Mendax est et pater mendacii.* Il mentit au ciel, il ment sur la terre ; il mentit à Adam, il ment à sa postérité ; il ment dans ses promesses, il ment dans ses terreurs ; il ment en disant la vérité, car, il ne la dit que pour mieux tromper. (S. Thom. 1 p., q. LXIV, art. 2 ad 5.) Quant à l'outrage, il calomnie le Verbe dans sa divinité, dans son Incarnation, dans sa véracité, dans sa puissance, dans sa sagesse, dans sa justice, dans sa bonté, dans ses miracles, dans ses bienfaits. Il calomnie l'Eglise dans son infaillibilité, dans son autorité, dans ses droits, dans ses préceptes, dans ses œuvres, dans ses ministres, dans ses enfants.

» Satan : c'est-à-dire, adversaire, ennemi. Ce dernier nom résume tous les autres. Ennemi infatigable, implacable, à qui tous les moyens sont bons, il réunit en lui toutes les puissances hostiles avec leur ruse et leur force, et les met au service de sa haine. Tel est Lucifer (1). »

Les Puissances du mal qu'il députe contre la race humaine, sont à son image et à sa ressemblance, et partagent la haine de leur chef. Or, tel est le pouvoir de chaque démon, même de l'ordre le plus inférieur, qu'on est saisi d'épouvante, et avec raison, quand on essaie d'en mesurer l'étendue.

Devant ces considérations, il est doux de penser que les Puissances du bien l'emportent incomparablement sur ces terribles ennemis.

En DIEU, dit l'Ange de l'école, est la source première de toute supériorité. Plus elles approchent de

---

1. Passim, Mgr Gaume, *Traité du Saint-Esprit.*

Dieu, plus les créatures participent de lui, et plus elles sont parfaites. Or, la plus grande perfection, celle qui approche le plus près de celle de Dieu, appartient aux êtres qui jouissent de Dieu lui-même : tels sont les bons Anges. Les démons sont privés de cette perfection. Voilà pourquoi les bons Anges leur sont supérieurs en puissance, et les tiennent soumis à leur empire. De là vient, comme conséquence, que le dernier des bons Anges commande au premier des démons, attendu que la force divine à laquelle il participe, l'emporte sur la force de la nature angélique.

D'ailleurs, cette puissance naturelle des démons, quelque terrible, quelque étendue qu'elle soit, est toujours subordonnée à l'autorité de Dieu : dans son exercice, soit pour éprouver, soit pour punir, elle est réglée et limitée par la permission d'En-Haut.

S'agit-il de punir, de châtier ? l'Ange exterminateur passe frappant de mort les premiers-nés dans chaque famille de l'Egypte ; mais, il respecte, en même temps, chaque demeure Israélite. S'agit-il d'éprouver ? le saint homme Job est frappé dans ses biens, dans son corps : mais il est défendu à Satan d'attenter à sa vie. En définitive, les Puissances du mal, bien qu'avec une intention tout opposée aux vues de Dieu, n'ont fait que servir sa cause et contribuer à sa gloire : car, le saint homme Job, que Satan voulait porter, en l'affligeant, à la révolte et au désespoir, a béni le Seigneur : et l'Egypte a reconnu la force du bras tout-puissant, à qui rien ne résiste, et a rendu au peuple d'Israël sa liberté. De cette permission qui leur est donnée de punir ou d'éprouver, il résulte pour les Esprits mauvais qu'ils ne peuvent pas l'exercer dans toute la mesure de leur haine. Non seulement Dieu restreint leur puissance, mais il la dirige ; car, comme tout ce qui existe, cette puissance doit à sa manière contribuer à la gloire du Créateur.... Par l'intermédiaire des Puissances du bien, Dieu leur indique les lieux et les personnes auxquels ils doivent faire sentir leur redoutable présence, le genre et la limite des châtiments ou des épreuves dont ils sont les ministres. « Les bons Anges, dit saint Thomas, font connaître aux démons beaucoup de choses touchant les secrets divins. Ces révélations ont lieu toutes les fois que Dieu exige des démons certaines choses, soit pour punir les méchants, soit pour exercer les bons. Ainsi, dans l'ordre social, les assesseurs du Juge notifient aux exécuteurs la sentence qu'il a portée. Afin donc qu'il n'y ait rien d'inutile dans l'ordre général, pas même les démons, Dieu les fait concourir à sa gloire, en leur donnant la mission de punir les crimes, ou en leur laissant la liberté de tenter la vertu. » C'est ainsi qu'il les envoie comme ministres de sa justice pour châtier Sennachérib qui avait blasphémé contre Dieu et contre son temple. « L'Ange de Jéhovah, et dans une seule nuit, frappa 185.000 hommes dans le camp des Assyriens, en sorte que quand ils se levèrent le matin tout était jonché de cadavres. » D'autres fois, les bons Anges, Puissances du bien, se chargent eux-mêmes de soutenir ou de venger les droits de Dieu. Héliodore veut faire main basse sur les trésors du temple de Jérusalem : or, tandis qu'il poursuit ce but sacrilège, l'esprit du Dieu tout-puissant se manifeste d'une manière sensible, en sorte que tous ceux qui ont osé obéir à Héliodore, renversés par une vertu divine, sont, tout à coup, frappés de crainte et d'abattement. Un cheval couvert d'ornements magnifiques, et sur lequel était monté un cavalier terrible, leur apparaît : il frappe impétueusement Héliodore des pieds de devant, et celui qui était dessus semblait avoir des armes d'or. Deux autres jeunes hommes parurent en même temps, pleins de force et de beauté, brillants de gloire et richement vêtus : et, debout auprès d'Héliodore, ils le fouettaient chacun de son côté, et le frappaient sans relâche. Celui-ci tomba tout d'un coup enveloppé d'obscurité et de ténèbres : on l'enleva dans une litière et on le porta hors du Temple... il était gisant, muet, sans espérance, sans vie... Or, le grand-prêtre offrit pour sa guérison une hostie salutaire... et, tandis qu'il priait, les mêmes jeunes hommes, revêtus des mêmes habits, se présentèrent à Héliodore. « Rends grâce au grand-prêtre Onias, lui dirent-ils, car la vie t'est donnée à cause de lui ; pour toi, ainsi châtié de Dieu, annonce à tous les merveilles du Très-Haut et sa puissance. » Parfois encore, les bons Anges, Puissances du bien, manifestent leur présence pour fortifier les justes et les rassurer contre les méchants : « Benadab, roi de Syrie, a juré la mort d'Elisée, parce que le Prophète connaît par inspiration divine et découvre à Joram, pour les faire avorter, les desseins qui se trament dans le camp des Syriens contre Israël. Il envoya donc des chevaux et des chariots avec un grand corps d'armée autour de Dothaïm, où se trouvait l'homme de Dieu. A l'aube du jour, le serviteur d'Elisée aperçut la ville entourée de troupes et courut tout effrayé avertir son maître : « Ne crains rien, dit celui-ci, car il y en a plus avec nous, qu'il y en a avec eux. » Et Elisée pria et dit : « Jéhovah, ouvrez-lui les yeux afin qu'il voie.» Et Jéhovah ouvrit les yeux du jeune homme, et il vit. Et voilà que la montagne était pleine de chevaux et de chars de feu autour d'Elisée. « Les Puissances du Seigneur étaient là. Judas Machabée marchait à l'ennemi sous leur conduite et sous leur protection. Les pages des saints Livres nous mentionnent souvent ces Esprits célestes veillant sur l'exécution des volontés divines, et s'opposant aux obstacles que suscitent les Esprits du mal. Nous pouvons encore les saluer dans ces Anges de l'Apocalypse qui sonnent de la trompette pour annoncer les châtiments réservés aux impies, et qui marquent le front des Elus du signe du Dieu vivant. »

S'il en est pourtant ainsi ; si, comme dit l'Apôtre, nous avons à lutter non seulement contre la chair et le sang, mais encore contre les Principautés et les Puissances, contre les rois invisibles de ce siècle ténébreux, contre les esprits de malice répandus dans l'air, d'où vient donc que, malgré les secours, l'assistance et la protection des bons Anges, non moins nombreux et tout autrement puissants que les mauvais, l'humanité soit assiégée de tant de fléaux, et que l'iniquité surabonde partout ?... Et que dirions-nous si, constatant les maux qui arrivent, nous pouvions soupçonner les maux qui arriveraient si Satan usait d'une liberté pleine et absolue ? « Mais est-il possible qu'il lui soit donné une permission telle qu'il l'a ? Eh ! oui, cela est possible, puisque cela est : et cela est parce qu'il a plu à Dieu de donner plus de solennité à notre épreuve et plus de lustre au triomphe de la vertu ; cela est parce que le genre humain, dans la personne de son chef, a donné prise sur lui, en fléchissant et en se laissant vaincre dans l'épreuve qui devait fixer le cours de ses destinées, et lui assurer la transmission des privilèges et des gloires de son origine immaculée (S. Th. in lib. III Sent., dist. XIX, a. 2). Entendons-nous bien cependant sur le pouvoir de Satan et gardons-nous de trembler devant lui comme devant une inéluctable fatalité (1). » L'office des démons est sans doute de nous tenter et de se venger, du moins d'y travailler. A Dieu, il cherche à ravir les adorations de la créature, en contrefaisant sa toute-puissance par des prestiges ; aux Anges fidèles il oppose des contradictions dans leur gouvernement et leur protection sur nous, en troublant la nature et en séduisant les âmes ; quant à l'homme qui lui fut préféré dans l'ineffable mystère de l'union de Dieu avec la créature, il le porte au mal pour l'entraîner dans l'éternel malheur. Tout cela est vrai. Ce qui est vrai aussi, c'est que Satan n'aura jamais raison contre Dieu ; c'est que sa rébellion ne servira pas moins à glorifier le Très-Haut, ne contribuera pas moins à l'accomplissement de la volonté divine, que la fidélité des saints Anges. Ce qui n'est pas moins vrai, c'est que, dans ce funeste travail de notre perte qu'il poursuit avec tant d'acharnement, il lui est défendu de toucher à notre âme, et de faire violence à notre volonté. S'il nous entraîne au mal, c'est que nous l'aurons voulu : la tentation ne

---

1. P. Monsabré,

sera jamais au-dessus de nos forces ; et, sous l'inspiration et avec le secours des puissances du bien,
les moyens de résister et de demeurer fidèles ne
sont pas moins nombreux ni moins efficaces, que ne
le sont les efforts des puissances du mal pour nous
faire tomber et nous perdre.

Au jour des grandes manifestations, quand le
Souverain Juge des vivants et des morts révélera le
secret des cœurs devant le genre humain, les puissances du bien et les puissances du mal se retrou-
veront en face une dernière fois : l'ivraie et le
froment auront poussé, auront mûri ensemble dans
le même champ jusqu'à l'heure de la moisson.
Séparez, dira le Père de famille, le bon grain de la
paille, les bons des mauvais, les justes des réprouvés. Ministres du Très-Haut, vengeurs de ses droits,
ouvriers de sa gloire, les Anges fidèles seront les
exécuteurs de sa sentence ; les élus, marqués du
signe du Dieu vivant, s'élèveront dans le Ciel pour
y chanter à jamais les miséricordes divines, et les
réprouvés, portant le caractère de la bête, seront
précipités dans les abîmes, avec les Anges apostats,
pour y reconnaître et y chanter à leur façon les justices éternelles.

Saint Antoine accomplit et continue d'accomplir
sur la terre l'office des puissances du Ciel : et
d'abord, dans ses luttes directes et personnelles avec
les puissances du mal.

« Dans l'enceinte de la cathédrale de Lisbonne
où l'enfant fut baptisé, les yeux se reposent avec
émotion sur un degré en pierre placé à l'entrée du
chœur. Il a gardé la trace d'une croix miraculeuse

que le jeune Fernandez grava de son doigt pour dissiper la vision du diable qui lui était apparu sous une forme horrible. Six siècles sont passés sur cette croix, et ils ne l'ont effacée ni sur la pierre, ni dans le cœur des pieux chrétiens qui lui ont voué un culte de vénération (Annotata (d) (1). »

A Brive, dans ces grottes que le séjour du Saint a rendues à jamais célèbres, l'image vénérée de Notre-Dame de Bon-Secours rappelle un de ces épisodes les plus touchants qui sèment la vie de l'Apôtre dans sa lutte incessante contre les puissances du mal. Voici le fait rapporté par un de ses historiens :

« L'esprit de ténèbres, ennemi irréconciliable de la gloire de DIEU et du salut des âmes, était jaloux du bien immense que faisait notre grand missionnaire : il était furieux contre lui parce qu'il lui arrachait tous les jours quelques âmes, en les sortant de la corruption du péché ; ou bien parce qu'il déjouait ses ruses en brisant ses machines de guerre, l'hérésie en particulier... Or, un jour, pendant qu'Antoine priait, ou se reposait dans la solitude, le démon se présente, se précipite sur lui, le saisit à la gorge, et cherche à l'étrangler. Le saint est sur le point de succomber, lorsque, dans sa détresse, il appelle à son secours Celle qu'il n'invoqua jamais en vain, la Vierge Marie, son auguste souveraine et mère. Il commence à dire son hymne favorite : *O gloriosa Domina.* . A peine a-t-il proféré ces paroles, que la Très-Sainte Vierge apparaît et ordonne au démon de se retirer : ce qu'il fit rempli de confusion (2).

1. *S. Ant. de Padoue,* par le R. P. At. — 2. Bonnely, *S. Antoine*

Ces victoires qu'il remporte dans sa lutte personnelle et directe avec l'ennemi du salut, il les renouvelle, il les multiplie à mesure qu'il le rencontre
sur son champ de bataille : l'Apostolat. Tantôt il le
dévisage, lui arrache le masque, le signale publiquement ; tantôt il le chasse des corps qu'il possède.
Nous n'avons que l'embarras du choix dans les cita-
tions que nous offrent ses historiens. Il se mesurait
avec toutes les puissances ennemies, dit l'un d'eux,
et il remportait sur elles des victoires journalières.
A mesure qu'on avance dans sa vie, les annales
sont comme encombrées par les phénomènes sur-
naturels qu'il accomplit de tout côté.

« Un certain jour de grande fête, le saint homme
prêchait. Une dame, de noble extraction, l'écoutait
et semblait boire ses paroles. Ce que voyant, l'impur
Satan voulut lui ravir le fruit d'une si excellente
instruction. En conséquence, il se transforma en
courrier, et, se dirigeant vers cette dame avec des
lettres à la main, il lui annonça que son fils, après
avoir été fait prisonnier de guerre, avait été mis à
mort par l'ennemi. Alors l'homme de Dieu découvrit,
par révélation, les ruses de l'esprit malin. Quoiqu'il
n'eût pas aperçu le fantôme qui s'était glissé dans
l'auditoire, il s'adressa à la malheureuse mère du
haut de la chaire, et, en présence de toute l'assemblée, il lui dit : « Ne craignez pas, ma sœur : votre
fils vit encore, et il jouit d'une bonne santé. Ce
courrier, c'est le diable. » A ces mots, le prétendu
courrier s'évanouit comme une fumée légère (1).

Tandis qu'il habitait le couvent de Limoges (2),

1. Vita anonyma. Cap. XIX.
2. D'autres disent Brive (Bonnely).

les religieux, après le chant de Complies, se préparaient à l'oraison, quand le Frère qui était chargé de sonner cet exercice, vit plusieurs malfaiteurs occupés à dévaster la moisson d'un des principaux amis du couvent. Il courut aussitôt en avertir Antoine. Mais celui-ci, au lieu de s'émouvoir, dit à ses Frères avec tranquillité : « Allez au chœur et faites votre oraison, selon les prescriptions de la Règle, sans vous préoccuper du prétendu dommage qu'on cause à votre voisin. Ces malfaiteurs sont des démons qui voudraient, par ce stratagème, vous ravir un temps précieux et vous priver des consolations de la présence de DIEU. Gardez-vous bien de donner dans le piège, sous prétexte de charité. Sachez que la puissance des démons est limitée. DIEU ne leur a pas permis de détruire le blé de ces champs, vous en serez convaincus demain matin, en les voyant aussi beaux et aussi riches qu'ils le sont maintenant. » Ce discours rassura les religieux. Sur la parole d'Antoine, ils allèrent avec recueillement où la cloche les appelait. Bientôt ils reconnurent qu'on leur avait donné fausse alerte et que le Frère sonneur avait été illusionné par l'Ange des ténèbres (1).

Les démons, bien que déconcertés par cette perspicacité étonnante d'Antoine, ne se tinrent pas, cependant, pour battus, et tournèrent de nouveau leurs machinations contre sa personne ; ici encore ils devaient être découverts et supplantés. Un jour donc, l'apôtre fut invité à prêcher dans une ville du Limousin ; or, le concours du peuple était tel qu'Antoine vit tout de suite qu'il ne pourrait pas contenir dans l'église. En conséquence, il se décida

---

1. Liber miraculorum apud Bolland.

à donner son sermon sur la place publique. Il fit dresser une estrade, sur laquelle il devait se placer avec le clergé, les magistrats et les notables du lieu. Au moment de prendre la parole, il connut, par une inspiration intérieure, que les démons chercheraient à troubler la cérémonie, mais qu'aucun accident grave n'arriverait. Il commença par avertir son auditoire, et l'ayant prémuni contre toute surprise, il entra dans son sujet. Il n'était pas encore au milieu de son sermon que les démons renversèrent l'estrade, qui s'écroula avec un horrible fracas. On s'effraya d'abord, mais le souvenir des avertissements d'Antoine calma aussitôt l'émotion publique. Ni le prédicateur, ni ceux qui l'entouraient ne reçurent la moindre blessure. On improvisa une chaire, et Antoine put continuer son sermon au milieu d'un silence parfait. La partie était perdue pour les démons : ils avaient travaillé pour leur ennemi (1).

On le voit, la puissance d'Antoine était redoutable aux démons ; tous leurs complots échouaient en sa présence : à son commandement, ils quittaient les corps dont ils avaient pris possession ; son nom seul, invoqué, suffit, aujourd'hui, pour éprouver et pour appliquer les miraculeux effets de cette puissance. Qui ne connaît ce *Bref* de saint Antoine, vrai talisman surnaturel, que l'on porte sur soi contre les embûches et les invasions du mauvais Esprit ! En voici l'origine :

« Il y avait en Portugal, sous le règne du roi Denys, une personne en butte aux vexations de Satan. Cet ennemi de notre salut lui apparaissait

---

1. *Histoire de saint Antoine*, R. P. At.

souvent sous la figure de JÉSUS crucifié, et l'engageait à aller se jeter dans le Tage, pour obtenir la rémission de ses péchés et la récompense du ciel. La malheureuse, trompée par ces mensonges, se décida un jour à aller se noyer. Sur sa route, elle trouva une chapelle franciscaine, et elle y entra. S'étant prosternée devant l'autel de saint Antoine de Padoue, elle supplia le Saint de l'aider à sauver son âme ; puis, épouvantée par la perspective de la mort qu'elle allait se donner, et accablée de fatigue, elle s'endormit. Pendant son sommeil, saint Antoine lui apparut, la détourna de son projet, et lui remit un parchemin qu'elle devrait toujours porter sur elle. A son réveil, elle trouva suspendue à son cou la feuille précieuse, sur laquelle on lisait quelques lignes..... Elle éprouva aussitôt l'efficacité de ce remède céleste : la tentation et l'obsession de Satan disparurent.

» Le roi de Portugal, ayant eu connaissance du miracle, voulut voir le merveilleux écrit, et se le fit apporter. Dès que la pauvre femme fut privée de ce précieux trésor, elle retomba sous le pouvoir du démon. On lui procura une copie exacte du *Bref* miraculeux. Elle la reçut avec confiance et la porta jour et nuit. Dès ce moment, elle recouvra la paix, et fut entièrement délivrée de ses tentations, qui ne reparurent plus pendant les vingt années qu'elle passa encore sur la terre. Le roi conserva l'original avec les reliques de la couronne. » (P. Jean de la Haye, Bollandiste. Act. S. S. Junii, T. III.)

Voici la formule du Bref ou Lettre de saint Antoine :

Ecce cru † cem Domini :
Fugite, partes adversæ !
Vicit Leo de Tribu Juda,
Radix David,
Alleluia ! Alleluia !

Voici la croix † du Seigneur :
Fuyez, ennemis de notre salut !
Le Lion de la Tribu de Juda,
Le rejeton de David a vaincu,
Alleluia ! Alleluia !

Le pape Sixte V a fait graver le Bref sur la base de l'obélisque de Saint-Pierre. Le Souverain Pontife Léon XIII a attaché à sa récitation une indulgence de 100 jours.

La lutte entreprise par le saint Apôtre ne se bornait pas à des attaques, à des poursuites personnelles, à ce que je pourrais appeler des prises de corps à corps avec l'ennemi. Il se mesurait avec lui en toute rencontre, il déjouait toutes ses ruses ; il le confondait publiquement, il le chassait des corps. Mais ce n'était là qu'une partie de son œuvre. C'est surtout par ses représentants visibles, que l'ennemi invisible cherche à établir son empire ; c'est par ses ministres de chair et d'os, qu'il répand l'erreur et sème la corruption ; c'est par ses suppôts auxquels il communique son esprit, qu'il attaque le dogme et la morale. Ces ennemis du Christ et de l'Église, ces interprètes des volontés de Satan, ces continuateurs de sa haine, sont principalement les hérétiques, que chaque siècle voit renaître, sous tel ou tel caractère de leurs formes multiples. Au siècle de saint Antoine, ils étaient connus sous le nom d'Albigeois dans le midi et dans le centre de la France : de Cathares et de Patarins dans l'Italie.

C'est dans cette lutte, qu'il poursuit jusqu'à la mort, qu'Antoine va conquérir le glorieux surnom de Marteau des hérétiques.

« Il était si bien armé, dit l'auteur anonyme, de textes décisifs, empruntés à la Sainte Écriture ; ses preuves étaient si solides et si évidentes, que les malheureux adeptes de l'erreur n'osaient ni paraître en sa présence, ni ouvrir la bouche pour lui répondre... Il excellait dans l'art de découvrir leurs fraudes et leurs ruses ; il savait entraver leurs projets, il mettait à nu leurs doctrines infâmes, et il leur imprimait le stigmate de sa parole. Il n'avait pas son pareil dans toute la chrétienté ; il avouait lui-même publiquement qu'il ne connaissait personne qui poursuivît les hérétiques avec tant de vigueur et tant de constance. » Impossible d'échapper à la puissance, à la logique des arguments de l'Apôtre ; acculés dans leurs derniers retranchements, ils lui demandent de prouver la vérité, non par des paroles, mais par des faits. Antoine commande à la mule de se prosterner devant le sacrement de nos autels, qu'il lui présente, et de rendre ainsi témoignage par son adoration à la présence réelle. La mule obéit. Les faits sont irrécusables : le doigt de DIEU est là. Les hérétiques recourent alors à ce moyen qui est la dernière ressource des lâches et des vaincus : attirer leur vainqueur, l'inviter à leur table, se défaire de lui par le poison. Ici encore ils se trouvent confondus. Antoine, divinement inspiré, est mis au courant de leurs intentions perfides et les leur reproche ouvertement : mais eux, dit le Livre des miracles (apud Bolland.), grands artisans de mensonges, imitant en cela le diable, qui est le père du mensonge, lui répondirent, qu'en agissant ainsi, ils avaient simplement voulu expérimenter la vérité de cette parole de l'Évangile : « S'ils boivent un poison mortel, il sera pour eux inoffensif. » Ils se mirent alors à lui persuader qu'il devait manger du plat qu'on lui avait offert, avec promesse, s'il ne lui faisait aucun mal, d'embrasser pour toujours la foi de l'Evangile ; ils ajoutaient que s'il craignait d'en manger, ils concluraient de là que la parole de l'Evangile était fausse. Mais le saint fit avec intrépidité le signe de la croix sur le plat, et, le prenant dans ses mains, il leur dit : « Je vais faire ce que vous voulez, non pas pour tenter Dieu, mais pour vous prouver combien j'ai à cœur votre salut et le triomphe de notre Evangile, et comment je ne recule devant aucun péril pour ces deux grands intérêts. » Il mangea donc du plat empoisonné, et n'en éprouva aucune indisposition. Que faire devant de pareils arguments et en face d'un tel adversaire ? Se rendre, se convertir. C'est ce qu'ils firent.

Les conversions, d'ailleurs, étaient non moins éclatantes que nombreuses. Chaque jour ramenait au giron de l'Eglise quelque chef de parti, quelque hérésiarque, et la foule suivait. Satan constatait, dans les rangs de sa milice, des brèches énormes : il se sentait poursuivi, harcelé, réduit, vaincu sur toute la ligne par l'Apôtre infatigable. Il est vrai qu'Antoine, suivant le conseil de saint Paul à Timothée, prie, supplie, réprimande, insiste, persiste avec cette patience qui supporte tout ; mais aussi, avec cette éloquence éclairée à laquelle il est difficile de ne pas se rendre. S'il poursuit l'erreur, il ménage les hérétiques ; s'il condamne le vice, il est plein d'indulgence pour le pécheur : on le sent, et on est subjugué ; parfois aussi il a de saintes colères, sa voix est tonnante contre les grands qui oppressent les petits ; contre ceux qui trafiquent des charges et des bénéfices de l'Eglise, il prend ces verges vengeresses avec lesquelles le Sauveur chassa les vendeurs du Temple ; c'est le représentant des droits de DIEU et des droits de l'homme ; c'est le justicier de l'Eglise et de la société ; c'est le nouvel Elie que l'on entend, lorsqu'il résiste en face à cet autre Elie qui abusait de son autorité, pour introduire le relâchement dans l'Ordre de saint François ; lorsqu'il va trouver le féroce Eccelin, il lui jette à la face tous ses crimes et lui annonce les vengeances du ciel ; lorsqu'il se lève en plein concile, il reproche publiquement à l'archevêque de Bourges, Simon de Souliac, ses hésitations dans la foi et ses mœurs trop légères.

La foi de tout un pays, la sécurité de tout un peuple, la sainteté de tout un Ordre étaient en jeu : c'est au chef, c'est au Pasteur, c'est au représentant, qui nuisent, loin d'être utiles ; qui scandalisent, loin d'édifier ; qui perdent, loin de sauver, qu'Antoine s'adresse. S'il lui a été dit comme au Prophète de ne pas craindre devant la face des grands, sa mission est, en effet, de ne pas garder le silence : il s'agit d'un bien général à procurer, à maintenir ;

d'un mal non moins grand à détourner : et il parle. La suite prouve que son zèle était vraiment selon l'esprit de Dieu. Elie fut déposé, et l'Ordre se retrempa dans sa primitive ferveur. Eccelin cessa ses brigandages, renonça, pour quelque temps du moins, à ses projets de vengeance, et les populations de l'Ombrie respirèrent. L'archevêque de Bourges témoigna par ses larmes et par son repentir d'une conversion sincère, et fut désormais, pour les âmes, un sujet de la plus haute édification.

Ainsi saint Antoine de Padoue remplissait sur la terre, contre les Puissances infernales, l'office et le ministère des Puissances du bien.

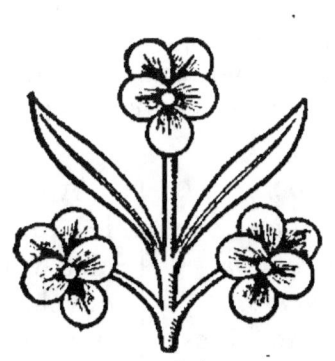

LES VERTUS.

CHAPITRE VII.

Les Vertus président aux lois de la nature, les maintiennent, les dirigent pour la gloire de Dieu et le bien de l'humanité, contre les Vertus infernales qui travaillent à les bouleverser, à corrompre les créatures, à les détourner ainsi de leur fin. Tel est leur office. — Les Anges de l'Apocalypse. — Les dix plaies d'Égypte : *digitus Dei est hic*. — L'homme, par le saint usage des créatures, honore Dieu ; comment Satan peut les infester, ou les faire servir contre Dieu dans les mains de l'homme : les exorcismes, pratiques superstitieuses. — *Simius Dei* : contrefaçons des sacrements et des cérémonies de l'Église. — Malgré tout, Satan est le serviteur de Dieu : et la création tout entière chante la gloire de son Auteur : *Omnia serviunt tibi, pugnabit orbis terrarum contra insensatos*. — Comment saint Antoine de Padoue remplit le ministère des Vertus célestes dans sa vie mortelle et continue dans sa vie posthume et glorifiée. — Invitations aux créatures de louer Dieu et de faire sa volonté. — La création est soumise au Thaumaturge comme avant la chute elle obéissait à Adam. — *Ludens in orbe terrarum.* — Henri Hintz. — La corde qui persuade. — Le soufflet qui convertit. — Le *Si quaeris miracula. — Narrent hi qui sentiunt.*

Gaude quod miraculorum
Fulges virtute praecelsâ :
Hoc testantur perversorum
Corda olim per te conversa.

(Monuments historiques, Chavin de Malan. Hist. de S. François.)

Antoine, réjouissez-vous, car le don des miracles dont le ciel vous avait orné, vous a enveloppé de gloire : les cœurs que vous avez convertis sont là pour vous rendre témoignage devant la postérité.

Es Vertus, dont le nom veut dire *force*, exercent leur empire sur la création matérielle, président immédiatement au maintien des lois qui la régissent, et y conservent l'ordre que nous admirons.

Quand la gloire de DIEU l'exige, les Vertus suspendent les lois de la nature et opèrent des miracles. C'est ainsi que les agents invisibles dont nous sommes environnés révèlent leur présence, et montrent que le monde matériel est soumis au monde spirituel comme le corps est soumis à l'âme (1).

A DIEU le gouvernement universel du monde. Comme ses ministres, comme ses serviteurs, les Anges qui, dans l'ordre moral, sont préposés, dit Lactance, à la garde et à la culture du genre humain, entrent, comme administrateurs, dans le gouvernement et la conservation du monde matériel. Entre eux est partagée la surveillance de ce vaste empire. Les uns ont soin des corps célestes ; les autres, de la terre et de ses éléments ; les autres, de ses productions, les arbres, les plantes, les fleurs et les fruits. Aux autres est confié le gouvernement des vents, des mers, des fleuves, des fontaines ; aux autres la conservation des animaux (2). L'action de ces Esprits administrateurs atteint chaque partie de l'ensemble, en sorte que, ni l'homme, ni la créature n'est abandonnée au hasard. laissée à ses propres forces, ou livrée sans défense aux attaques des Puissances ennemies (3).

En parlant du Créateur, principe de tout mouvement, de toute harmonie, le Prophète nous dit : Les créatures font sa parole, c'est-à-dire exécutent sa volonté : *faciunt verbum ejus*. Mais comment la parole créatrice est-elle mise en contact universel et

---

1. S. Th. 1 p. q. CVIII, art. 6, corp.
2. Orig. homil. XXII in Josue. — S. Aug. lib. LXXXIII, q. LIX.
3 S Th. 1 p. q. VII, art. 2, corp. ; id. q. LIV, art. 5, corp., et LVIII, art. 2, corp.

permanent avec le monde inférieur jusqu'au dernier des êtres dont il se compose ? De la même manière que la parole d'un monarque avec les parties les plus éloignées et les plus obscures de son empire : par des intermédiaires (1).

Ces intermédiaires sont, surtout, les Vertus. L'Apocalypse nous les signale, tantôt, dans ces quatre Esprits célestes qui se tiennent aux points cardinaux de la terre, et en retiennent les quatre vents, pour les empêcher de souffler sur la terre, sur la mer et sur les arbres ; tantôt, dans l'Ange qui a le pouvoir sur le feu ; tantôt, dans cet autre qui se tenait debout le pied droit sur la mer, le pied gauche sur la terre, et qui semblait concentrer tout pouvoir sur tout ce qu'il y a dans le ciel, sur la terre et dans la mer.

C'est par les Vertus que se sont opérés ces prodiges merveilleux et terribles dont l'Égypte fut le théâtre, et à la suite desquels Pharaon laissa aller en paix le peuple de DIEU ; il est vrai, d'autres Vertus, les Vertus infernales, ont simulé ces miracles par des prestiges semblables ; mais, les magiciens qui étaient leurs instruments et leurs coopérateurs furent obligés d'abandonner la partie : ils ne purent contrefaire tous ces phénomènes ; et, lorsqu'à l'exemple de Moïse, instrument des Vertus célestes, ils peuplèrent de grenouilles la surface de l'Égypte, ils ne purent, comme lui, les faire disparaître : ils s'avouèrent honteusement vaincus, ils reconnurent le doigt de DIEU, *Digitus Dei est hic.*

Il résulte de tout ceci que les Vertus ont pour office de veiller à la conservation des créatures et de

---

1. Mgr Gaume, *Traité du S. Esprit.*

les faire servir au bien des Elus et à la gloire de
Dieu, leur fin dernière ; par contre, de soustraire,
de préserver ces mêmes créatures de la contagion
des Esprits mauvais qui, par elles, cherchent à nuire
à l'homme, à le détourner de ses voies, à dénaturer ainsi l'œuvre du Créateur.

De même donc que les Puissances du mal s'acharnent à l'avilissement, à la perte de la nature
humaine, en haine du Verbe qui devait la prendre,
et qui l'a prise, de même les Vertus infernales, toujours avec le sentiment de cette même haine,
s'acharnent à souiller, à dénaturer toute créature
produite par la puissance du Verbe, à la détourner
ainsi de ses fins. Vérité incontestable, reconnue,
d'ailleurs, et professée dans tout le paganisme et
chez tous les peuples. Dépositaire de tous les mystères du monde moral et de toutes les traditions
vraies de l'humanité, l'Eglise catholique, non seulement confesse cette vérité, mais en présente encore
la connaissance et les considérations à l'esprit de
ses enfants.

En effet, « il y a un livre dont nul ne peut, sans
abjurer la foi, récuser le témoignage ou décliner la
compétence : c'est le Rituel romain, l'organe le plus
sûr et le plus autorisé de la doctrine orthodoxe, le
monument le plus authentique de la tradition. Non
seulement l'existence des démons y est affirmée à
chaque page, mais les ruses de Satan, ses manœu-
vres, ses noires entreprises contre les hommes et
contre les créatures y sont signalées minutieusement,
je dirais presque décrites.

» Le Rituel s'ouvre par des exorcismes sur le
nouveau-né qu'on présente au baptême, et sur les

éléments qui doivent servir à sa régénération. L'enfant devient homme, et les exorcismes continuent. Toutes les créatures avec lesquelles il va se trouver en contact pendant son pèlerinage, sont infectées. Pour chasser le démon, l'Eglise exorcise l'eau et la bénit. Eau puissante qu'elle conjure ses enfants de garder soigneusement dans leurs demeures, afin d'en répandre sur eux et sur tout ce qui les environne. Dans le même but, elle exorcise et bénit le pain, le vin, l'huile, les fruits, les maisons, les champs, les troupeaux. Enfin, quand l'homme est sur le point de quitter la vie, elle emploie de nouvelles bénédictions, afin de le soustraire aux puissances des ténèbres.

» Et qu'est-il enseigné dans ce Rituel ? Que les démons peuvent, en effet, corrompre l'eau et y faire paraître des fantômes : ce qui constitue l'hydromancie.

» Qu'ils peuvent hanter les maisons, les souiller et en rendre le séjour pénible ou dangereux.

» Qu'ils peuvent répandre la peste, corrompre l'air, compromettre la santé de l'homme, troubler son repos et le molester de toutes les manières.

» Qu'ils peuvent infester, non seulement les lieux habités, mais les lieux solitaires, y répandre la terreur et en faire le foyer de maladies contagieuses, ou le théâtre de molestations inquiétantes.

» Qu'ils peuvent soulever des tempêtes, envoyer des ouragans, des trombes, des grêles, des foudres : en un mot, mettre les éléments au service de leur haine éternelle (1). »

Pervertir l'ordre, dans la création, de ces mêmes

1. Mgr Gaume, *Traité du S. Esprit.*

créatures mises au service de l'homme comme autant de moyens de connaître, d'aimer, de servir son auteur, comme autant de degrés pour s'élever sans cesse vers lui; faire des obstacles, des occasions de ruine, des instruments de révolte ; défigurer l'œuvre du Verbe dans tout ce qui porte son empreinte, dans tout ce qui retrace quelques traits, quelques vestiges de sa main créatrice : tel est le travail persévérant de Satan et des Vertus infernales. L'idolâtrie en est le dernier mot. L'idolâtrie, c'est l'adoration de la créature substituée à celle du Créateur. Se faire adorer à la place de DIEU, telle fut, telle est, nous le savons, son ambition : *Hæc omnia tibi dabo si, cadens, adoraveris me* ; employer à cet effet toutes formes de créatures, ou toute créature sous toutes ses formes, c'est ce qu'il fait, c'est ce qu'il a toujours fait.. parfois, malheureusement, avec la participation de l'homme. Voilà pourquoi, selon la pensée de l'Apôtre, toute créature gémit d'être ainsi détournée de sa fin dernière, qui est de faire glorifier DIEU par l'homme; tandis que l'homme, par l'abus pervers qu'il en fait, la force à servir d'insulte et d'ignominie au Créateur.

Il ne m'est pas permis, dans ce modeste travail surtout, de révéler les mystères abominables, infâmes du culte satanique : indirectement ou directement, de bonne foi ou de connivence, dupés ou sciemment trompés, passifs ou actifs : nombreux, bien nombreux sont ces idolâtres qui tombent devant le Prince du mal pour l'adorer ; nombreux, bien nombreux ces fidèles de sa religion qui pactisent avec le dieu, sont d'intelligence et entrent en rapport avec lui par le moyen des créatures.

Voici une nomenclature des pratiques superstitieuses les plus connues :

« L'Aéromancie, mode de divination d'après les diverses perturbations atmosphériques.

L'Alomancie, d'après le sel (salière renversée).

L'Anthropomancie, d'après l'inspection des entrailles d'une victime.

L'Arithmancie, d'après les nombres.

L'Astrologie, d'après les constellations.

La Cartomancie, d'après les cartes.

La Chiromancie, d'après les lignes de la main.

La Cléromancie, d'après les sorts.

La Coskinomancie, d'après le crible (tourner le sas).

La Dactylomancie, d'après les anneaux enchantés.

La Géomancie, d'après l'inspection de certaines figures formées sur la terre.

L'Hydromancie, d'après l'inspection des phénomènes de l'eau.

L'Oomancie, au moyen d'œufs.

L'Ornithoscopie, d'après le vol, le chant et la manière de manger des oiseaux.

La Physionomancie, d'après l'inspection des traits du visage.

La Pyromancie, d'après le feu, ou la manière dont brûlent certains objets.

La Rabdomancie, d'après la baguette, dite divinatoire.

Autant de superstitions par lesquelles Satan fait des dupes ou des adeptes, et cherche, en dénaturant l'usage et la fin des créatures, à détourner l'homme du Créateur.

Il y aussi les charmes : charmes meurtriers à l'aide desquels on donne la mort aux hommes ou aux

animaux ; charmes purement nuisibles, dont on se
sert pour détruire les fruits de la terre, pour faire
tomber la pluie, disposer des vents et de la foudre ;
charmes curatifs ou guérisseurs ; enfin, les charmes
propres, soit à engendrer ou à exalter l'amour, soit
à l'affaiblir ou à l'abolir. Ces derniers prennent le
nom de philtres. Voici les éléments qui entrent dans
la composition de ces charmes, de ces philtres :
sacrements du diable, inventés par lui à l'imitation
des sacrements de l'Eglise : — verveine et fougère
macérées, et mélangées de zimat, de salpêtre, de sel
et de poivre long ; — cœur de chauve-souris, ou de
poule noire ou de grenouille, qu'on porte sous le bras
droit ; — poussière de quatre pièces de six liards
pulvérisées et absorbées dans un verre de vin, de cidre
ou d'eau-de-vie ; — eau battue avec des verges et
dans laquelle on jette une certaine *poudre* qui vient
directement de Satan ; — diagramme tracé sur une
bande minuscule de papier et qu'on dissimule sous
un ongle ; — composition de cervelle d'un coq, de
poussière que touche le cercueil d'un mort, et de
cire vierge ; — la salive ; — les rognures d'ongle ; —
le souffle ; — graisse de pendus ou de petits enfants
dont on compose un onguent ; — poudre d'un crâne,
de la cervelle d'un chat, d'un corbeau ; — herbes et
parfums ; — clou ou bâton fixés dans un mur ou
dans le sol ; — breuvages dans lesquels entrent,
comme composition, l'hippomane, la verveine, le
sang des colombes, la cantharide, le musc (1)......

Je m'arrête dans cette nomenclature, elle devien-
drait insipide. Ces éléments varient dans leur
emploi, dans leur dose, dans leur composition, sui-

---

1. *Le Diable au XIX*ᵉ siècle, par le Docteur Bataille.

vant le but qu'on se propose; dans l'usage de tel ou
tel charme, de tel ou tel sort : pratiques ridicules,
s'il en fut jamais ; non moins ridicules les paroles,
les signes qui accompagnent la confection ou l'application de ces matières ; et cependant tout cela a
existé, tout cela existe ; les tribunaux ecclésiastiques,
les tribunaux civils s'en sont préoccupés. Les Sou-
verains Pontifes ont mainte et mainte fois condamné
ces cérémonies sacrilèges. Les esprits forts préten-
dent ne pas y croire. Peu importe à Satan de se
faire nier pourvu qu'il agisse : nous voyons, nous,
dans tout cela, comme d'ailleurs dans toutes les
pratiques du Rituel démoniaque, une contrefaçon
impie de nos augustes sacrements : *Accedit verbum
ad elementum et fit sacramentum ;* matière, formule,
tout s'y trouve, jusqu'à la vertu produite ; ajoutons
qu'elle n'est jamais bienfaisante, l'esprit du mal ne
pouvant communiquer que le mal ; mais enfin elle
est réelle, et se manifeste dans les proportions qui
mesurent le pouvoir toujours limité de Satan : et
Satan atteint son but. Écoutons saint Augustin (Cité
de Dieu, XXI, ch. VI) : « Lorsque les démons
s'insinuent dans les créatures, ils sont attirés par des
charmes aussi divers que leur génie. Ils ne cèdent
point, comme les animaux, à l'attrait des aliments,
mais ils se rendent à des signes conformes à la
volonté de chacun. Aussi, les voyez-vous affectionner
différentes espèces de pierres, d'herbes, de bois,
d'animaux, d'enchantements ou de rites. Afin donc
d'engager les hommes à les attirer à eux, ils commencent par les séduire, soit en versant dans leur
cœur un poison secret, soit en leur offrant l'appât
d'amitiés perfides ; et, de la sorte, ils se forment un

petit nombre de disciples qui deviennent les maîtres des autres. Comment savoir, en effet, s'ils ne l'eussent eux-mêmes enseigné, ce qu'ils aiment ou ce qu'ils abhorrent, le nom qui les attire ou qui les contraint, tout l'art enfin de la magie, toute la science des magiciens ? » A côté de l'autorité d'un Docteur de l'Eglise, voici celle d'un savant moderne, Champollion-Figeac. L'amour de la sagesse, but de ses nombreux voyages en Egypte surtout, l'avait initié aux mystères et lui avait livré l'intelligence de ces charmes et de ces enchantements pratiqués dans le pays des Pharaons, et reproduits dans les prodiges de la magie moderne. « Toutes ces combinaisons, dit-il, formées d'herbes, de pierres, d'animaux, de certaines émissions de voix, de certaines figures ou imaginées ou empruntées à l'observation des mouvements célestes, combinaisons qui deviennent dans les mains de l'homme des puissances productrices de certains effets, tout cela n'est que l'œuvre de ces démons mystificateurs des âmes asservies à leur pouvoir et qui font de l'erreur des hommes leurs malignes délices. »

Quand on considère les forces naturelles de ces vertus infernales, qui n'ont été en rien altérées par leur révolte, dit saint Thomas, leur intelligence qui ne peut se tromper sur aucune vérité de l'ordre matériel et de l'ordre purement moral ; leur agilité, rapide comme la pensée ; leur puissance d'agir sur les créatures matérielles par mille moyens divers, et jusqu'à des limites inconnues : on se trouve effrayé, justement parce qu'on soupçonne ce qu'il en serait de l'univers, s'il était livré aux caprices de Satan, si Satan était libre d'agir sur et contre la création,

dans toute l'indépendance de sa haine. Mais il n'en
n'est pas ainsi. Cette puissance satanique est restreinte : elle est au service de la volonté et de la
permission divine. Devant cette Providence qui
règle toute chose, ne permet le mal que pour en
tirer le bien, et fait coopérer à l'avantage des Elus
les vicissitudes d'ici-bas, que sont tous les désordres
que Satan peut susciter et produire ! Le bel ordre
de la création, chanté par le Psalmiste, n'en existe
pas moins. Les cieux continuent à raconter la gloire
de leur Auteur, la mer à publier sa magnificence, la
terre à étaler ses bienfaits ; le jour redit ce cantique
au jour, et la nuit le renvoie à la nuit ; les saisons
se succèdent avec une régulière harmonie, parce
que toutes les créatures vous servent, ô mon DIEU,
quoniam omnia serviunt tibi. En définitive, Satan
est l'humble obligé de ce DIEU, dont il envie les
adorations : il travaille à faire éclater sa justice ou
sa bonté. De même qu'il ne peut se rendre maître
de l'homme malgré l'homme, de même il ne peut
détruire, anéantir la créature, quelle qu'elle soit,
mise au service de l'homme ; il peut agir, et il le
fait, par la créature, sur l'homme : si l'homme est
fidèle, la créature, par cette épreuve, aura servi à
son bien, ce qui est sa fin dernière : *omnia cooperan-
tur in bonum ;* si l'homme est infidèle, la créature
s'armera à son tour contre lui : *et pugnabit orbis
terrarum contra insensatos.*

Le ministère des Vertus célestes se reproduit dans
le ministère et dans la vie prolongée et glorifiée
d'Antoine de Padoue.

Comme ces purs Esprits, il est revêtu d'un pou-

voir surhumain à l'égard des créatures animées et
inanimées, visibles et invisibles : et il leur commande de faire la parole de DIEU, d'exécuter sa
volonté, d'être à l'usage de ses vues providentielles ;
en un mot, *de remplir leur vocation,* afin que
l'homme, par le saint usage qu'il fera de ces mêmes
créatures, glorifie à son tour le Père céleste et le
remercie de ses bienfaits. Il invite à bénir le Seigneur dans tout ce qui vit dans l'univers : les astres
qui sont au firmament, les oiseaux qui volent dans
l'espace, les poissons qui nagent dans les mers, dans
les fleuves, dans les rivières, l'éclair qui rayonne, la
foudre qui gronde, la pluie qui féconde, l'été avec ses
ardeurs, l'hiver avec ses frimas, le printemps avec sa
parure, l'automne avec ses moissons, les montagnes et
les collines, les troupeaux domestiques et les bêtes
sauvages, les grands arbres et les brins d'herbe, l'eau
et le feu, les vents et les nuages, les nuits et les jours.

« Selon les conditions et *les puissances de notre*
âme, l'univers, dit saint Bonaventure, nous est
comme une échelle pour monter à DIEU. Il y a
dans la création un vestige et une image du Créateur ; un vestige matériel et périssable qui est hors
de nous, une image spirituelle et immortelle qui
est en nous. Or pour parvenir au premier principe
spirituel et éternel, qui est au-dessus de nous, il
nous faut passer par le vestige matériel et temporel
qui est hors de nous : ainsi on est mis dans le sen-
tier de DIEU... Heureux donc l'homme qui a mis
son espérance en *vous, Seigneur, et qui, en* cette
vallée de larmes, a placé dans son cœur des degrés
par lesquels il s'élève jusqu'à vous (1). »

---

1. Itinéraire, chap. I.

Antoine de Padoue n'avait pas lu l'Itinéraire de l'âme à Dieu : il avait déjà atteint le but de son pèlerinage, il était dans la Patrie : mais il connaissait, et il avait suivi ce chemin si poétiquement, si philosophiquement indiqué et tracé par le Séraphique Docteur, et sur lequel on avance, on s'élève, avec les chants des créatures. Antoine était ce pèlerin qui allait vers Dieu tout en étudiant, tout en contemplant, émerveillé et ravi, ce vrai, ce beau et ce bien qui reluisent dans les œuvres du Créateur. Il était de ceux qui, caressant du bout de leur bâton les têtes des fleurs, comme pour leur imposer silence, leur auraient dit : « Je vous entends, je vous comprends, ne parlez pas si haut. » Et le cantique du Psalmiste venait sur ses lèvres au spectacle de la création qui dit si bien la puissance, la sagesse et l'amour de l'auteur de toutes choses : Seigneur, mon Dieu, que vos œuvres sont admirables : *Quam admirabilia sunt opera tua, Domine !* « La nature était, en effet, pour lui, un vaste emblème qui exprimait les attributs de Dieu ; ils lui étaient révélés, racontés par les éléments qui se déployaient sur sa tête et sous ses pieds. Il était aidé dans cette interprétation mystique par la connaissance parfaite qu'il avait des Psaumes : de toutes les parties de la Sainte Ecriture, aucune ne met plus fréquemment en scène les merveilles de la nature. La nature est comme la lyre à dix cordes que le Prophète royal tient entre ses mains et sur laquelle il exécute ses mélodies, tour à tour graves, joyeuses, mélancoliques, tendres et quelquefois terribles : hymne d'adoration et de reconnaissance qui arrive jusqu'au trône de l'invisible Maître de l'univers... Antoine savait ce

cantique par cœur : et, tout en cheminant vers la
Patrie, il le répétait avec une sainte allégresse, invitant
toutes les créatures à louer, à bénir, à glorifier
le Seigneur (1).

Ce n'est là pourtant qu'un côté de ce ministère
qu'Antoine partage avec les Vertus célestes. Transportons-nous,
par la pensée, aux beaux jours de
l'Eden, dans ce coin du Paradis terrestre, sous les
ombrages gracieux qui couvrent le berceau de la
race humaine ; saluons Adam, tandis que tous les
êtres passent devant ce roi, ce Pontife de la création,
et qu'il donne à chacun un nom. Il est beau, il est
puissant dans sa grâce, dans sa majesté. Vous l'avez,
ô mon Dieu, couronné de gloire et d'honneur,
s'écrie le Psalmiste ; vous lui avez soumis les oiseaux
qui volent dans les airs, les poissons qui parcourent
les sentiers de l'océan, les animaux et les bêtes de
la campagne.

Ainsi, toutes les créatures sont soumises au Bienheureux
Antoine. Ainsi est-il beau, est-il puissant
de la beauté, de la puissance du premier homme.
Il est plus beau, plus puissant encore. Car, ce n'est
plus à la création, d'elle-même et naturellement
soumise à l'homme dans l'état d'innocence, qu'il
commande, mais à la création en révolte et qui, par
une conséquence logique, refuse à l'homme l'obéissance
qu'il a lui-même refusée à Dieu. Antoine a
reconquis le sceptre que le péché avait arraché des
mains d'Adam : il remet à son front la couronne,
et retrouve la création soumise à sa voix, comme
elle le fut à l'âge d'or du genre humain. Il dit aux
poissons, et les poissons accourent en flots pressés

1. R. P. At. *Hist. de S. Ant.*

auprès du rivage pour entendre la parole de DIEU ;
il dit à la mule, et la mule se prosterne devant
l'Eucharistie pour témoigner de la présence réelle
du Sauveur ; il dit aux grenouilles, et les grenouilles du voisinage cessent d'importuner par leurs
croassements les moines occupés à l'étude et à la
prière ; il dit à la mer, et la mer s'apaise ; il dit
aux vents, et les vents se calment ; il dit à la pluie,
et la pluie s'arrête ; il dit au feu, et le feu s'éteint.
Il dit à la vie, et la vie revient ; il dit aux membres,
et les membres se redressent ; il dit à la mort, et
le sépulcre rend sa proie. Il fait subir aux éléments de charmantes métamorphoses : l'eau bouil-
lante dans laquelle un petit enfant s'est laissé choir,
se transforme en bain rafraîchissant ; le sarment
aride et détaché du tronc, pousse visiblement, sensiblement, dans la main qui le tient, des feuilles,
des fruits : et le jus exprimé remplit tout un verre
de bon vin ; d'autres fois, c'est la coupe brisée qu'il
rend à son premier état, ou qu'il conserve intacte,
malgré sa fragilité, alors qu'elle est lancée contre le
pavé de toute la force d'un bras, et d'une très grande
hauteur. Ce qui n'est pas moins surprenant, c'est
qu'il opère des prodiges de près et de loin, ici
comme ailleurs, comme s'il jouait dans la création,
ludens in orbe terrarum. Ceux qui ont le bonheur
de l'approcher, sentent qu'une vertu divine s'épanche
de sa personne ; au contact de cette corde gros-
sière que porte l'enfant de saint François, un pauvre
fou recouvre subitement la raison. Mais ceux qui
ne l'ont point connu de son vivant, ceux qui viennent, ceux qui sont venus alors qu'il a quitté la
terre pour le ciel, seront-ils donc moins heureux,

moins favorisés ? seront-ils privés de ses grâces miraculeuses ? Loin de là. « Il continue, par ses images, le rôle bienfaisant des Vertus célestes. Elles guérissent les malades par attouchement ; elles consolent *ceux qui les invoquent ;* parfois elles sont vivantes et agissantes : elles parlent, elles pleurent, elles frappent assez rudement, s'il le faut, ceux qui résistent à leurs ordres (1). » *Les traits qu'on pourrait citer comme témoignages sont innombrables,* et plus merveilleux les uns que les autres : nous ne voulons pas renoncer au plaisir d'en présenter deux que nous recueillons dans la collection des Bollandistes.

« Henri Hintz, originaire du Mecklembourg, de la secte des Luthériens, retenu à Bentheim par ses *affaires, logeait dans la maison* d'une famille catholique. Il occupait une chambre dans laquelle on avait placé, au-dessus d'une table, une image de saint Antoine, d'un modeste *format, et dont le* cadre était plus modeste encore. Le hasard voulut que cette image fût suspendue à la muraille à rebours, de telle sorte que le saint avait la tête en bas et les pieds en haut. Henri Hintz ne s'en était pas aperçu, quand, un jour, quelques-uns de ses amis, qui étaient catholiques, entrèrent dans sa chambre : l'un d'eux, voyant que l'image était renversée, la plaça convenablement, en disant à Henri : « C'est un grand péché de manquer ainsi de respect envers les Saints. » Henri s'excusa et répondit : « Je n'y suis pour rien. » *Son accusateur insista,* en disant : « Je suis étonné que Dieu supporte l'outrage adressé à son serviteur. » — Piqué au vif et

1. R. P. At. *Histoire de S. Ant. de Padoue.*

dissimulant sa colère : « Voudriez-vous, par hasard, répliqua le Luthérien, ce qui n'est pas dans l'ordre des choses possibles, que cette image se redressât toute seule ? — Pas de plaisanterie, interrompit son ami, car DIEU, qui a opéré tant de miracles par ses Saints, pourrait bien faire celui-ci. » Ces propos firent rire l'incrédule, qui saisit de nouveau l'image, et, malgré la résistance de ses amis, la mit la tête en bas, jurant que si elle revenait à son état normal d'elle-même, il se ferait catholique sur-le-champ. Là-dessus, il fit évacuer la chambre, et, sortant le dernier, il en emporta la clef. Peu de temps après, il rentra chez lui ; mais il avait l'esprit rempli de ses affaires ; déjà, il avait oublié ce qui s'était passé. Or, en ouvrant la porte, il vit la sainte image sur la table, debout sur ses pieds ; à ce spectacle, il demeura honteux, et comme foudroyé. Il sortit pour se distraire, sans dire un mot de son aventure, de peur d'être tourné en ridicule. Le soir, il rentra le plus tard possible ; il était agité ; dans son effroi il n'osait ni regarder ni toucher la sainte image ; pour se débarrasser d'un objet si importun, il la donna en présent à une jeune fille. Mais la terrible vision le poursuit partout : comme un remords elle hante sa pensée, plus de repos. C'est en vain que, dans le but d'oublier, il prend du service dans la marine hollandaise, va, vient, retourne en Italie, s'engage à Florence dans les armées de Cosme III, duc de Toscane... rien n'y fait : il faut rendre les armes. C'est à Porto-Ferrajo, où il était envoyé en garnison, qu'il abjura l'hérésie luthérienne, pour embrasser la religion catholique... Il ne s'arrêta pas en si bon chemin : bientôt après, il quittait le monde pour revêtir les livrées franciscaines ; ce fut à Sienne. Il voulut s'appeler Fr. Antoine. » Ceci se passait en 1684.

Le second trait n'est pas moins merveilleux : on y voit que saint Antoine, pour arriver à ses fins, n'emploie pas toujours la persuasion : il sait aussi prendre la verge (1).

« Un jeune Indien du royaume de Bengale, esclave, que les Pères de Saint-Augustin, établis dans ces parages, avaient acheté, fermait obstinément les yeux à la lumière évangélique. Toutes les tentatives pour le convaincre étaient restées infructueuses. Or, un jour, tandis qu'il était seul dans une chambre où se trouvait l'image de saint Antoine de Padoue, on l'entendit pousser des cris perçants. Les Pères accoururent aussitôt, et aux questions qu'ils lui adressèrent, pour savoir ce qui était arrivé, il répondit que le Saint, dont l'image était suspendue à la muraille, avait dénoué la corde qu'il portait autour des reins, et qu'il lui avait donné une rude discipline, en lui commandant d'embrasser la religion de Jésus-Christ. C'est ce qu'il fit, en effet, peu de jours après. Non content d'être chrétien, il prit l'habit religieux, et il commença à prêcher l'Évangile. Les succès qu'il obtint furent tels, qu'en peu de temps il convertit plus de vingt mille païens. Les Pères de Saint-Augustin, ne pouvant pas, à eux seuls, baptiser et catéchiser convenablement un si grand nombre de néophytes, firent appel aux missionnaires les plus voisins. Ceux-ci répondirent à leur invitation, et ils mirent la faux dans cette moisson déjà jaunissante. Dieu bénissait leurs

---

1. Analecta apud Bolland.

travaux ; aussi, le nombre des nouveaux chrétiens se multiplia avec une rapidité merveilleuse. »

Cet événement eut lieu vers la fin du XVIIe siècle. A la même époque, l'illustre Saint convertissait tout un pays sur les côtes de Coromandel, en convertissant le chef lui-même, qui était idolâtre. C'était, toujours, par une de ses images, ou plutôt, ici, dans une vision. Quoi qu'il en soit, le Bienheureux, disent les Bollandistes, voulant donner des marques de sa tendresse paternelle au prince obstiné dans l'erreur, lui administra un vigoureux soufflet, dont les joues gardèrent longtemps la trace. Ce moyen réussit à merveille...

Nous ne voulons pas multiplier les exemples. La nomenclature seule des prodiges du Thaumaturge franciscain ferait un gros volume, et ce livre s'écrit et grossit tous les jours ; chaque siècle l'enrichit de quelques pages ; chaque peuple y ajoute ses épisodes ; chaque nation y raconte ses bienfaits reçus; chaque âme y mêle son merci, y renouvelle une demande. « Si vous voulez des miracles, voilà que la mort, l'erreur et les calamités, les démons et les maladies contagieuses disparaissent ; les infirmes recouvrent la santé ; les flots s'apaisent ; les chaînes tombent des mains des prisonniers ; les membres perclus se redressent : tous, jeunes et vieux, demandent et retrouvent les objets perdus. » Il y a plus de six siècles que saint Bonaventure composait cette hymne, répons miraculeux en l'honneur de saint Antoine, dont il était presque le contemporain. Six siècles racontent qu'il en est aujourd'hui comme il en fut alors; ils apportent, comme preuves, les témoignages des générations qui se sont succédé à travers la vie posthume et glorieuse du Saint; nos descendants chanteront comme nous le même cantique. Oui, les périls cessent à l'invocation d'Antoine, il vient au secours de toute nécessité ; qu'ils se lèvent pour en rendre témoignage ceux qui en ont fait la douce expérience ; qu'ils s'unissent aux habitants de Padoue. *Pereunt pericula : cessat et necessitas : narrent hi qui sentiunt, dicant Paduani.*

D'ailleurs, notre but est atteint dans cette rapide esquisse. Montrer que saint Antoine de Padoue participe au ministère des Vertus célestes par l'empire qu'il a sur les créatures animées et inanimées, visibles et invisibles ; qu'il a rempli et qu'il continue à remplir cet office, en maintenant ces mêmes créatures dans l'ordre, en les ramenant vers leur vocation première, qui est de concourir au bien temporel et spirituel de l'homme, et, par l'homme, à la gloire du Créateur ; à l'encontre des vertus infernales qui, par haine pour le CHRIST, travaillent à dénaturer les œuvres de ses mains, à les souiller, à les tourner en obstacles, en instruments de perdition. C'est ce que nous nous étions proposé de prouver.

LES ARCHANGES.

CHAPITRE VIII.

Le nom d'Archange désigne l'office de ces Esprits célestes : ils sont les envoyés extraordinaires. En dehors de l'Ordre qu'ils composent, Dieu peut choisir ses ambassadeurs dans d'autres chœurs ou hiérarchies ; et ces messagers prennent, alors, le nom d'Archanges : S. Michel : *quis ut Deus !* patron spécial de la Synagogue ; *l'imperet tibi Deus.* — Ses apparitions aux Prophètes ; il se lèvera pour défendre les élus ; il reçoit les âmes au sortir de ce monde. — De la Synagogue infidèle il passe à l'Eglise du Christ. — La France : *gesta Dei per Francos* ; les Croisades ; Jeanne d'Arc. — S. Gabriel, *fortitudo Dei,* l'Archange de l'Incarnation. — Zacharie. — Le *Gloria in excelsis.* — Saint Raphaël, *medicina Dei* : Guide dans les voyages : le jeune Tobie : *Seigneur, il se jette sur moi.* — Le démon Asmodée. — Le vieux Tobie recouvre la vue. — La piscine Probatique. — Mission des Archanges dans l'Eglise. — Dans son Apostolat, saint Antoine de Padoue remplit le ministère des Archanges. — La bonne Nouvelle. — Ce qu'était le genre humain avant l'Evangile. — La face de la terre renouvelée. — Saint Antoine de Padoue fut l'homme de son temps : ses dons, ses aptitudes, ses grâces singulières et variées nous révèlent la grandeur et les difficultés de sa tâche, et la physionomie du XIIIᵉ siècle. — Le midi de la France ; les Albigeois. — L'Italie : divisions intestines : les Guelfes et les Gibelins. — Antoine, l'Ange de la Paix.

Monte Sion prædicat
Domini præceptum :
Et talentum duplicat
Cælitus acceptum.
        Liturg. francisc.
        (Ant. du 1ᵉʳ Noct.)

Il prêche la loi sainte sur la montagne de Sion : il double ainsi, et multiplie les talents qu'il a reçus du Ciel.

Ous les ministères des ordres angéliques se rapportent à la gloire de DIEU et à la déification de l'homme. Les hommes sont l'objet particulier de la sollicitude des Anges. Entre eux et nous existe un commerce perpétuel, figuré par l'échelle de Jacob. Descendre les degrés de cette échelle mystérieuse, et venir, dans les occasions solennelles, remplir auprès de l'homme des missions importantes, telle est la fonction des Archanges, dont le nom signifie Ange supérieur (1).

Bien que ces Esprits célestes forment un ordre distinct, composant le deuxième chœur de la troisième hiérarchie ; bien que l'office, par conséquent, d'ambassadeur extraordinaire convienne et appartienne à ceux d'une même famille, étant semblables entre eux par les dons de la nature et de la grâce, DIEU peut cependant, tout en leur laissant leur mission ordinaire, qui est d'être ambassadeurs extraordinaires, se choisir et désigner dans les autres chœurs angéliques des envoyés : ils prennent alors le nom d'Archanges. C'est ainsi que nous appelons Archanges les saints Michel, Gabriel, Raphaël, bien qu'ils appartiennent à l'Ordre des Chérubins ou des Séraphins ; ou qu'ils soient du nombre de ceux qui se tiennent immédiatement devant DIEU. Ils sont Archanges, de ce qu'ils sont des envoyés extraordinaires. Un mot de leur mission parmi nous, et nous connaîtrons le caractère des Archanges, la nature et les spécialités de leurs privilèges et de leurs fonctions.

Saint Michel doit son nom à ce cri de guerre, par lequel il terrassa Lucifer et ses tenants dans la lutte mémorable dont parle l'exilé de Patmos : *Michaël : qui est semblable à Dieu ?* Rival et vainqueur immortel de Satan, il le poursuit, il lutte dans toutes les

1. Vig. 86.

rencontres où il s'agit de la gloire de Dieu, du
Verbe incarné dont il défend les droits, de la Vierge
Marie dont il est le glorieux chevalier, et du salut
des âmes dont il protège la sortie de ce monde, et
qu'il présente au souverain Juge, comme la liturgie
en fait foi.

*Archangele Michaël, constitui te principem super
animas suscipiendas. — Venit Michaël Archangelus
cum multitudine Angelorum cui tradidit Deus animas
sanctorum ut perducat eas in Paradisum exsultationis.*

Patron spécial de la Synagogue, il veille sur le
peuple des promesses : et comme les Juifs, portés
d'eux-mêmes à l'idolâtrie, veulent, à l'instigation de
Lucifer, honorer d'un culte d'adoration le corps de
Moïse, Michel intervient, s'y oppose : Que le Seigneur te commande, dit-il à Satan : « *Imperet tibi
Deus,* » et la bête sacrilège est refoulée dans l'abîme.
Ce même peuple est dispersé parmi les nations.
Michel ne l'abandonne pas, il veille à ses intérêts,
comme on peut le constater par les visions des
Prophètes d'alors, surtout par celle de Daniel sur
les bords du Tigre. Enfin, lorsque dans les temps
annoncés Israël aura été soumis à la plus rude des
épreuves, Michel se lèvera de son côté pour la
défense des enfants de Dieu : *in illo tempore con-
surget Michaël qui stat pro filiis vestris.* De la synagogue qui repousse la vérité, il passe à l'Eglise du
Christ, pour étendre et continuer sur elle son puissant patronage. C'est lui que le monde catholique,
le Souverain-Pontife à la tête, implore chaque jour,
à chaque instant du jour, au pied de chaque autel
où le saint sacrifice vient d'être consommé, dans
cette prière commune, générale, la même où les

pasteurs et les fidèles unissent leurs voix. Fille aînée
de l'Eglise, la France, au milieu de toutes ces
nations qui vivent sous la houlette de saint Pierre,
a les prédilections du céleste Archange : il préside
au sacre de nos rois ; il inspire, il organise les Croisades ; il fait faire aux Francs les gestes de DIEU,
et quand la patrie est sur le point de devenir
anglaise, il parle à une jeune bergère, l'investit d'une
mission surhumaine, lui inspire un courage singulier, lui met en main le drapeau de la victoire. De
par DIEU et le Roi Jeanne d'Arc chasse l'étranger
et sauve la France.

Saint Gabriel ou *force de Dieu* est l'ambassadeur
de l'Incarnation et de tout ce qui touche à ce mystère. Il l'annonce à Daniel, lui en révèle les circonstances et en précise l'époque. Il apparaît à Zacharie,
tandis que celui-ci remplissait à l'autel les fonctions
sacerdotales, et lui annonce qu'il aurait un fils, qui
sera lui-même Précurseur du Messie. Son nom sera
Jean. Les temps accomplis, c'est lui qui se présente
à la Vierge prédestinée, la salue pleine de grâce, et
lui propose, de la part de DIEU, de donner son consentement au mystère ineffable, d'accepter le titre
et la réalité de Mère du Verbe qui s'incarnerait
dans son sein. Et quand l'Enfant naîtra à Bethléem,
nul doute que Gabriel ne soit à la tête de ces Anges
qui apportent la bonne nouvelle aux bergers, et qui
chantent dans les airs : « Gloire à DIEU au plus
haut des cieux et paix sur la terre aux hommes de
bonne volonté. »

Saint Raphaël, ou *médecine de Dieu*, exerce son
office auprès du jeune Tobie dont il se fait le guide.
Durant tout le trajet d'un long et pénible voyage, il

veille sur lui, le met à couvert contre tous les dangers ; le délivre, en particulier, des atteintes d'un poisson monstrueux ; l'instruit sur certaines vertus médicinales que contient le fiel de ce poisson. Il lui fait épouser Sara, dont il chasse un démon du nom d'Asmodée qu'il relègue et enchaîne dans les plaines de l'Égypte ; il enseigne en même temps à son jeune ami, et avec lui à tous les époux, le moyen de ne pas tomber au pouvoir de cet ennemi sacrilège ; enfin, au retour du voyage, c'est par lui et sur ses indications que le vieux Tobie recouvre la vue. On croit que saint Raphaël était cet Ange dont parle le Saint Evangile, qui venait, une fois l'an, mettre en mouvement l'eau de la piscine Probatique, et lui communiquer la vertu de guérir quiconque descendait le premier dans cette piscine, quelle que fût d'ailleurs son infirmité.

D'après les fonctions que remplissent saint Michel, saint Gabriel, saint Raphaël, comme ambassadeurs et envoyés de DIEU, nous pouvons nous représenter la nature du ministère des Archanges, le caractère de leur mission. Ils sont délégués auprès des hommes pour les affaires de la plus haute importance ; ils sont députés vers les chefs des peuples, des nations, des cités : c'est pour préparer un grand bien ou pour prévenir un grand mal ; c'est pour instruire ceux qui, dans l'Eglise ou dans la société, ont l'ascendant sur les multitudes ; c'est pour révéler les secrets, les desseins de DIEU à ceux qui ont charge d'enseigner ; c'est pour entretenir une correspondance suivie entre le ciel et la terre, apporter à l'humanité en voyage les forces, les lumières d'En Haut.

Les fonctions des Archanges, reviennent à saint
Antoine de Padoue : il en a rempli l'office sur la
terre et il continue à le remplir dans sa vie glorieuse.
Les Archanges ont, en effet, pour analogues, dans
la société et dans l'Église, les Apôtres, ces messagers
de DIEU, ces hérauts de la bonne nouvelle desquels il est dit : « Qu'ils sont beaux les pieds de
ces hommes qui apportent la paix, qui évangélisent
les biens ! » Comme ces nuées qui courent sous le
ciel, et dont il est écrit qu'elles répandent la rosée
qui rafraîchit, et la pluie qui féconde, ils passent,
ils vont, semant à travers le temps, la civilisation, la
paix, les joies, les germes de toutes les vertus ; les
îles lointaines tressaillent sur leur passage, et les
saluent avec des chants ; la mer courbe ses flots,
incline ses ondes devant ces nouveaux commerçants
qui vont négocier du salut des âmes sur des plages
inconnues ; les peuples, assis à l'ombre de la mort,
ont vu se lever une grande lumière ; le jour, le beau
jour s'est fait dans les âmes, jusqu'alors victimes et
jouets du père du mensonge ; des têtes honteusement penchées devant les idoles, se sont relevées
radieuses et baptisées devant le signe de la Rédemption ; les entraves de la superstition et de la barbarie
qui retenaient les consciences captives ont été bri-
sées ; la sainte liberté des enfants de DIEU a été
apportée, saluée, embrassée par des races esclaves
que Satan écrasait sous son joug. L'enfant que l'on
abandonnait ; le vieillard que l'on assommait, comme
un être désormais inutile ; l'homme que l'on vendait
comme une chose ; la femme que l'on réduisait à la
condition de la bête ; le père qui n'avait plus d'autorité ; la mère qui n'avait de ce titre que les dou-

leurs ; le maître qui brutalisait ; l'esclave qui se
révoltait : telle était la famille, hélas ! presque la
totale famille du genre humain. Et les Apôtres sont
venus avec la Croix et le Symbole ; à ces êtres, ils
ont rappelé l'antique révélation : d'où ils venaient,
où ils allaient ; avec eux, ils ont murmuré : Notre
Père qui êtes dans les cieux ; à leurs oreilles, ils
ont fait retentir le cri de la Rédemption ; sous leurs
regards, ils ont mis ce livre, le Crucifix, que chacun
comprend ; à leur intelligence, ils ont expliqué Jésus,
Dieu et homme ; puissant et petit ; riche et pauvre ;
maître souverain et humble serviteur ; le premier et
le dernier ; donnant la vie à toute créature et donnant
sa vie pour toute créature ; appelant les enfants des
hommes ses frères et les instituant ses cohéritiers
au royaume céleste. A leur cœur, ils ont parlé le
langage du Maître : « Venez à moi, vous tous qui
êtes dans la peine, vous tous qui souffrez, vous tous
qui êtes surchargés, et moi je vous consolerai, et
moi je vous allégerai. A leur conscience, ils ont
exposé leurs obligations envers Dieu, envers leurs
semblables et à l'égard d'eux-mêmes. Et les yeux se
sont ouverts ; les oreilles ont entendu ; les cœurs se
sont livrés à l'amour du Dieu inconnu jusque-là ; les
âmes ont subi des transformations merveilleuses :
les consciences renouvelées ont aimé la vertu de
toute la haine qu'elles portent au vice ; ont fui le
mal de toute l'ardeur qu'elles mettent au bien ; et
l'enfant est, désormais, un de ces petits que Jésus
aimait ; le vieillard est entouré de vénération ; on
honore la jeune fille comme une vierge ; l'épouse
comme la femme forte ; le père tient le sceptre de
l'autorité ; les tendresses de la mère sont comprises ;

le maître voit dans son serviteur un égal devant
Dieu ; et l'esclave est l'ami de son maître. L'ordre,
la concorde, l'harmonie, l'amour, règnent sur ces
théâtres où, la veille encore, le vice étalait l'abomination de la désolation sous toutes ses formes. Les
Apôtres sont passés par là : d'âge en âge, de race
en race, de pays en pays, sous tous les climats,
parlant toutes les langues, abordant les peuples et
les rois, annonçant à tous la bonne nouvelle, ils ont
continué l'œuvre de cette civilisation qui, des hommes, fait des disciples de Jésus sur la terre, et peuple le ciel d'autant d'élus.

Antoine de Padoue fut un de ces apôtres, un de
ces envoyés, un de ces Archanges qui mettent en
rapports les hommes avec Dieu. Ce n'est pas chez
les peuples sauvages, chez les païens, chez les idolâtres que s'accomplit sa mission, mais en France,
mais en Italie, en plein pays civilisé : en France, la
plus belle patrie après le ciel, le champ de bataille
où l'Eglise militante trouve ses soldats les plus
dévoués, les plus généreux, les plus empressés à
son appel ; en Italie, tout illuminée, toute resplen-
dissante de l'éclat de la vérité, dont Rome est le
soleil, et dont les rayons vont jusqu'aux extrémités
du monde. C'est là qu'Antoine est envoyé de par
Dieu. Sa tâche, au premier abord, nous paraît
facile. En réalité, elle était une œuvre pour laquelle
il ne fallait rien moins que l'ensemble des dons de
la nature et de la grâce que nous admirons dans
celui qui l'entreprend. Il fallait ce charme extérieur;
il fallait cette douceur et cette force bien harmo-
nisées ; il fallait cette logique irrésistible ; il fallait
cette éloquence entraînante ; il fallait cette patience

inaltérable ; il fallait ce zèle infatigable ; il fallait
ces miracles sans nombre ; il fallait cette sainteté
qui l'entoure comme d'une auréole visible. Il fallait
Antoine de Padoue. Le Seigneur l'a créé, et il l'a
envoyé à son heure, comme il a créé, comme il a
envoyé chaque apôtre en son temps. Il lui a désigné
le lieu de son apostolat : analogues au caractère de
sa mission, en rapport avec les difficultés de l'œuvre,
au niveau des obstacles à vaincre, en proportion de
la force des adversaires, à la mesure du bien à
édifier et du mal à détruire, il lui a donné les
moyens, les aptitudes, les ressources, les grâces
d'état. Telle est, d'ailleurs, la conduite de sa Providence à travers les siècles de l'Eglise. Si l'archange
déchu trouve à chaque rencontre son adversaire
dans l'archange fidèle, comme nous l'avons remarqué dans l'altercation entre Satan et saint Michel
au sujet du corps de Moïse, les partisans de l'erreur
et du mal, les chefs visibles du camp des Esprits
maudits invisibles, ont trouvé aussi, dans chaque
lutte, leurs adversaires, les champions de la vérité et
de la morale, les archanges visibles du camp de
Dieu. Le Seigneur les prépare pour le jour du combat, les tient en réserve, les couvre de son armure ;
le siècle, le peuple, la contrée où il les enverra, c'est
là son secret : il appartient à sa sagesse de choisir,
de façonner l'homme qui sera l'apôtre de ce siècle,
de ce peuple, de cette contrée. C'est ce qu'il fait. Et
quand il les envoyait, dans l'ancien temps, et quand
il les envoie encore, voici ce qu'il leur dit : « Je
vous ai connus avant que vous fussiez formés dans
les entrailles de votre mère ; je vous ai consacrés
avant que vous fussiez sortis de son sein : et dès lors

je vous ai choisis pour aller annoncer mes volontés parmi les nations : ...vous irez partout où je vous enverrai et vous porterez toutes les paroles que je vous commanderai de dire. N'appréhendez point ceux vers qui je vous enverrai, et ne craignez point de paraître devant eux, parce que je suis avec vous pour vous délivrer de leurs mains et pour empêcher qu'ils n'aient l'avantage sur vous. Je vous établis aujourd'hui sur les nations et sur les royaumes, pour leur déclarer que je vais arracher et détruire, perdre et dissiper les uns, édifier et planter les autres..... Vous donc, ceignez vos reins, et allez promptement, et dites-leur ce que je vous commande (1) ...

..... Ce n'est pas vous qui m'avez choisi, mais c'est moi qui vous ai choisis ; je vous ai établis, formés, afin que vous alliez et que vous portiez du fruit .. Voilà que je vous envoie comme des brebis au milieu des loups... Soyez prudents comme le serpent, et simples comme la colombe... Vous aurez des tribulations dans le monde : mais ne craignez point, j'ai vaincu le monde, et quand vous serez en présence des juges et des rois, n'ayez point de sollicitude sur ce que vous aurez à dire et à répondre, car je mettrai, moi-même, sur vos lèvres, des paroles à la force desquelles on ne pourra pas résister..... Allez donc, et prêchez à toute créature le royaume de DIEU..... »

Munis de ce mandat, investis de la force d'En-Haut, les Apôtres se partagent le monde et commencent et continuent à prêcher partout l'Evangile.

Antoine de Padoue était prêt. La veille, encore inconnu à ses Frères et au monde, enseveli dans la

---

1. Jerem. C. I, v. 5 et suiv.

retraite avec JÉSUS-CHRIST en DIEU, n'ayant d'autre ambition que de vivre oublié et de ne compter pour rien, une circonstance merveilleusement providentielle le met, tout à coup, en évidence, révèle ce vase d'élection, retire de dessous le boisseau cette lumière éclatante pour la mettre sur le chandelier de l'Église.

Si la supériorité et la multiplicité des dons accordés à l'Apôtre sont en raison de la hauteur et des difficultés de sa mission, nous pouvons, déjà, soupçonner ce que doit être ce théâtre de l'apostolat d'Antoine, qui embrasse le Midi de la France, et au-delà, avec l'Italie tout entière.

Et, d'abord, qu'était-ce donc que ce Midi de la France à cette époque ? On a dit qu'il ressemblait au pays de Sodome par la richesse de son sol, la fertilité de ses vignes, l'abondance de ses oliviers, mais, aussi, par la corruption des mœurs. Il est vrai, les Albigeois s'y étaient établis. C'est tout dire. « Ils étaient l'expression la plus complète des erreurs que les sectes précédentes charriaient comme un limon impur. Leur doctrine populaire consistait à refuser le baptême aux enfants avant l'âge de raison, à ne permettre ni autels, ni églises, à défendre d'adorer la croix, à obliger de la fouler aux pieds, à nier la présence réelle, et à défendre de célébrer la messe ; enfin, à rejeter les prières et les bonnes œuvres pour les morts (1). »

Quant à la morale, elle était conforme à leur symbole. « Partant de cette idée que le mal est éternel comme DIEU, et par conséquent Dieu

1. Rohrbach. *Hist. univ. de l'Eglise.* — P. At. *Hist. de saint Antoine.*

comme lui, ils aboutissaient logiquement au fatalisme qui détruit la responsabilité de la conscience, en niant sa liberté, et autorise tous les désordres. De là, un sensualisme effréné, pire que celui que Mahomet *professe dans le Coran,* et que ses fidèles font passer dans leurs mœurs. En attaquant le mariage, qu'ils appelaient une fornication, ils avaient l'air d'être les apôtres de la chasteté, *tandis que sur* les débris de l'institution conjugale ils établissaient un honteux libertinage dans les mystères de leurs conciliabules. Mais cette doctrine, mais cette morale, non contents de les vulgariser, ils les pratiquaient et les faisaient pratiquer, en attaquant par le fer et le feu des populations paisibles, qui entendaient être maîtresses chez elles, et rester en *possession de leur foi et des droits* politiques et civils qui en découlaient à cette époque (1). » Le droit opprimé par la force brutale et la dépravation des mœurs, tel était donc le *spectacle navrant que* présentait le Midi de la France.

Quant à l'Italie, bien que la foi, dit Léon XIII, fût profondément enracinée dans le peuple et portât les âmes à des actes vraiment sublimes, « cependant la licence avait beaucoup altéré les mœurs ; et rien n'était plus nécessaire aux hommes que de revenir aux sentiments chrétiens. » « Un trop grand nombre, ajoute-t-il, étaient asservis aux choses temporelles, ou convoitaient avec frénésie les honneurs et les richesses, ou vivaient dans le luxe et les plaisirs. *Quelques-uns avaient tout le pouvoir,* et faisaient de leur puissance un instrument d'oppression pour la foule misérable et méprisée ; et ceux-là

---

1. P. At. *Hist. de saint Antoine.*

mêmes qui auraient dû par leur profession être en exemple aux hommes, n'avaient pas évité les souillures des vices communs. L'extinction de la charité en plusieurs lieux avait eu pour conséquence les fléaux multiples et quotidiens de l'envie, de la jalousie et de la haine ; les esprits étaient si divisés et si hostiles que, pour la moindre cause, les cités voisines entraient en guerre et que les citoyens s'armaient du fer l'un contre l'autre (1). »

Voici maintenant l'appréciation de l'histoire :

« L'Italie entière est divisée confusément en deux parties : l'une qui suit dans les faits du monde la sainte Eglise selon la principauté qu'elle tient de DIEU et de son saint empire ici-bas : ceux-là sont nommés Guelfes, c'est-à-dire *Gardes-foi* ; l'autre partie suit l'empire, qu'il soit fidèle ou non, dans les choses du monde, à la Sainte Eglise : et on les appelle Gibelins, ce qui équivaut à *Guides-guerre*, ou conducteurs de batailles ; se conformant à ce nom dans la réalité, car, ils sont orgueilleux par dessus tout, à cause de leur titre impérial, et promoteurs de querelles et de guerres. Comme ces deux factions sont extrêmement puissantes, chacune d'elles veut avoir la suprématie : mais cela étant impossible, l'une domine ici, l'autre là (2).... »

Une autre cause aggravait encore les désordres, en multipliant les complications dans la division elle-même ; elle consistait dans le nombre d'Etats indépendants qui se partageaient l'Italie : chaque ville de quelque importance avait son autonomie, ses institutions, son podestat et son territoire ; de là ces démêlés, ces contestations, ces luttes interminables

---

1. Lettre encyclique : *Auspicato*, 17 sept. 1882. — 2. Villani.

comme lui, ils aboutissaient logiquement au fatalisme qui détruit la responsabilité de la conscience, en niant sa liberté, et autorise tous les désordres. De là, un sensualisme effréné, pire que celui que *Mahomet professe dans le Coran,* et que ses fidèles font passer dans leurs mœurs. En attaquant le mariage, qu'ils appelaient une fornication, ils avaient l'air d'être les apôtres de *la chasteté, tandis que sur* les débris de l'institution conjugale ils établissaient un honteux libertinage dans les mystères de leurs conciliabules. Mais cette doctrine, mais cette morale, non contents de les vulgariser, ils les pratiquaient et les faisaient pratiquer, en attaquant par le fer et le feu des populations paisibles, qui entendaient être maîtresses chez elles, et rester en *possession de leur foi* et des droits politiques et civils qui en découlaient à cette époque (1). » Le droit opprimé par la force brutale et la dépravation des mœurs, *tel était donc le spectacle navrant que* présentait le Midi de la France.

Quant à l'Italie, bien que la foi, dit Léon XIII, fût profondément enracinée dans le peuple et portât les âmes à des actes vraiment sublimes, « cependant la licence avait beaucoup altéré les mœurs ; et rien n'était plus nécessaire aux hommes que de revenir aux sentiments chrétiens. » « Un trop grand nombre, ajoute-t-il, étaient asservis aux choses temporelles, ou convoitaient avec frénésie les honneurs et les richesses, ou vivaient dans le luxe et les plaisirs. *Quelques-uns avaient tout le pouvoir,* et faisaient de leur puissance un instrument d'oppression pour la foule misérable et méprisée ; et ceux-là

---

1. P. At. *Hist. de saint Antoine.*

Parfois, il y avait des massacres épouvantables : tels que ceux ordonnés par le féroce Eccelin, qui, de son fort de Vérone, dominant toute la région, y répandait l'épouvante et la mort.

Frédéric Barberousse, le sacrilège envahisseur des États Pontificaux, fomentait, en secret, tous ces troubles, tous ces désordres : il y trouvait son avantage ; quand il n'employait pas la violence pour opprimer, il usait habilement de la séduction pour corrompre : dès lors fidèle à ce principe immoral qui devait être plus tard formulé par Machiavel : « Diviser pour régner (1). » De son côté, l'ennemi du salut poursuivait le but de sa politique infernale, à la faveur de toutes ces divisions qu'amenait la politique humaine : sous le nom de Cathares et de Patarins, qui n'étaient autres, eux-mêmes, que les Albigeois du Midi de la France, avec une variété de plus, les Manichéens répandaient de tous côtés le poison de leur doctrine, et les exemples contagieux de leur immoralité. Ils se divisaient eux-mêmes en deux sectes : les Cathares proprement dits, et les Circoncis. « Les Cathares professaient le Docétisme, qui consistait à ne considérer que comme une apparence tout ce qui était corporel en Jésus-Christ ; ils rejetaient l'Ancien Testament. Les Circoncis, au contraire, étaient Ebionites, c'est-à-dire qu'ils reconnaissaient la réalité de la mission du Messie, restreinte aux proportions d'une mission purement humaine. Ils soutenaient l'existence permanente des cérémonies et des lois judaïques (2). » Au milieu de toute cette confusion, persécutées ou séduites, les âmes étaient en grand danger de se

1. P. At. *Hist. de S. Ant.* — 2. Id.

perdre. Dans son Apôtre Antoine de Padoue, Dieu leur envoyait l'Archange de la bonne nouvelle et de la paix.

Cet apostolat, Antoine de Padoue semble l'avoir reçu de deux saints Patriarches, Dominique et François, comme un legs, comme un héritage. Il continue, en effet, dans le Midi de la France la campagne contre les Albigeois, si bien conduite, d'ailleurs, par l'infatigable chef des Frères-Prêcheurs. Par ses sueurs et par ses larmes, par sa parole et par ses exemples, et surtout par le Rosaire, dont la Vierge Marie lui avait révélé l'efficacité toute-puissante, Dominique avait forcé l'hérésie jusque dans ses derniers retranchements ; et, soit qu'elle eût succombé entièrement, soit qu'elle dissimulât sa suprême défaite, elle était extérieurement réduite à l'impuissance ; ses principaux partisans étaient morts, ou avaient cédé devant le bras séculier et l'organisation d'une croisade. Dominique, resté maître du champ de bataille, allait recevoir des mains du Souverain Juge la couronne de justice et la récompense de ses immenses travaux. C'était en 1221. A la même date, Fernandez de Bouillon revêtait les livrées franciscaines sous le nom d'Antoine. Le Seigneur appelait ainsi le succeseur de saint Dominique. Comme si l'hérésie eût voulu, de son côté, lui fournir, sur le même champ, non moins de moissons, de travaux et de gloire qu'à son premier exterminateur, elle commença, dès lors, à relever la tête : sortant de l'ombre, où elle avait été honteusement reléguée, elle reparut en plein jour, et sembla vouloir se **dédommager de ses dernières humiliations, par** une recrudescence de scandales et de crimes. Antoine se présentait alors (1223). Il donna à la France tout ce qu'il avait de jeune, de fort, de véhément, de surhumain dans l'inépuisable sève de son apostolat ; il fut court, en effet, son apostolat : cinq ans à peine !... mais il fut non moins fructueux que laborieux : cette campagne lui mérita le titre glorieux de *Marteau des hérétiques*, et le souvenir de son passage, marqué par d'innombrables faveurs, est à jamais inoublié.

Antoine, en quittant la France pour se rendre en Italie, où la voix de l'obéissance l'appelait, ne s'éloigna pas sans regrets de ses rivages : « Cette patrie de ses ancêtres était devenue un peu la sienne depuis qu'il l'avait arrosée de ses sueurs et fécondée de sa parole. Il lui devait le nom qu'il portait et le sang qui coulait dans ses veines. Il avait payé sa dette à cette terre, fameuse par les bienfaits de son apostolat : il l'emportait dans son âme ardente en la recommandant à Dieu. Si le triomphe sur l'hérésie n'était pas complet, il pouvait se consoler de n'avoir pas terminé cette conquête, par la pensée qu'il avait travaillé à ses plus magnifiques développements... La mémoire de Dominique de Guzman et d'Antoine de Padoue est indissolublement liée à l'épopée chrétienne du treizième siècle (1). »

« La France n'oublia pas non plus son Apôtre. Il y fut, il y reste l'homme populaire. Beaucoup de saints ne sont connus que dans la liturgie et dans les écoles. Antoine est resté chez nous une vieille et chère connaissance des bonnes gens. Sept cents ans sont passés sur sa gloire : et cette gloire, toujours

---

1. P. At. *Hist. de S. Antoine.*

jeune, excite encore l'attention des fidèles. Les
grand'mères racontent ses miracles à leurs petits
enfants, elles leur apprennent la grâce spéciale
qu'on obtient de Dieu par son intercession. Ces
signes révèlent assez la trace profonde que l'apostolat d'Antoine avait imprimée dans le cœur de nos
ancêtres.

» La popularité qu'il avait obtenue en France ne
sera surpassée que par celle dont l'Italie va maintenant l'entourer (1). »

Là encore, le mal était grand, nous l'avons dit.
Concilier les partis, apaiser les haines, les discordes;
arrêter les complots ; entraver les vengeances ; protéger les faibles opprimés ; s'opposer aux puissants
persécuteurs ; maintenir les droits de la justice; réta-
b'ir l'ordre, la concorde, l'harmonie : c'est une entreprise délicate, des plus difficiles, des plus auda-
cieuses. Il faut s'adresser aux intelligences comme
aux cœurs ; aux multitudes comme aux chefs ; au
peuple comme aux bourgeois, comme aux nobles ;
il faut cette impartialité qui exclut tout mobile
d'ambition, d'intérêt, de crainte ; et, en même temps,
cette délicatesse qui ménage les susceptibilités ; il
faut un résumé de perfections peu communes : c'est
l'apostolat d'Antoine de Padoue. Le grand pacifi-
cateur de l'Italie, cet Orphée chrétien qui charmait
les bêtes sauvages et endormait les passions humaines, chassait les démons par la vertu de Jésus-
Christ, François d'Assise, venait de mourir. Il
léguait la continuation de son œuvre à celui qu'il
aimait à appeler son évêque. « A peine le Séraphin
est-il allé prendre son rang devant le trône de Dieu

1. P. At. *Hist. de S. Antoine.*

que sa place dans la vénération et l'enthousiasme des peuples est occupée par celui que tous proclamaient son premier-né, St Antoine de Padoue (1). » « l'arfait imitateur de saint François son Père, est-il dit dans la liturgie franciscaine, il s'identifie tellement avec lui que, semblable au ruisseau s'échappant de sa source, il porte partout les eaux de la vie.»

L'Italie va bientôt l'apprendre par la plus douce des expériences.

Retirer les âmes de l'erreur et du péché ; courir après elles, surtout après celles qui sont cachées, ignorées, perdues dans les campagnes, voilà d'abord la mission préférée d'Antoine. Mais son humilité ne le sauvera pas d'une destinée plus brillante... bientôt les cités le prendront pour arbitre ; il portera devant les trônes les doléances du peuple ; il négociera des traités entre les cités rivales ; il plaidera les droits des misérables devant des créanciers sans entrailles ; il préservera les vaincus des rigueurs de la force triomphante. Les hommes d'Etat lui porteront envie, sans pouvoir égaler son influence ; ils échoueront là où il réussira. La patrie ne lui devra pas de moindres services que l'Eglise ; un long cri d'enthousiasme s'élèvera des Alpes jusqu'à Rome, et de l'Adriatique à la Méditerranée, pour saluer le missionnaire magnanime qui, en sauvant les âmes, sauvait les cités (2). « Saint François d'Assise fit conclure un grand nombre de traités de paix, de même que saint Antoine de Padoue son disciple. » Un autre historien (3) déjà cité lui rend un pareil témoi-

---

1. Montalembert. *Vie de sainte Elisabeth.*
2. P. At. *Histoire de saint Antoine.*
3. César Cantu, *Hist. univ.*, vol. XI, **pages** 40-41.

gnage. « Après avoir édifié la France et la Sicile, il passe ses dernières années à prêcher la paix et l'union aux villes lombarbes, obtient des Padouans le privilège de la cession des biens pour les débiteurs malheureux, ose, seul, reprocher au farouche Eccelin sa tyrannie. » A ces éloges, il ne manque plus que le témoignage des ennemis eux-mêmes de l'Eglise, et le voici. Parlant du zèle des Frères-Mineurs et des Frères-Prêcheurs dont la direction était donnée par Antoine de Padoue. Pierre des Vignes, premier ministre de Frédéric II, s'écriait : « Ils se sont élevés contre nous avec haine ; ils ont réprouvé publiquement notre vie et notre conservation : ils ont brisé nos droits et nous réduisent à rien... Or, voilà que pour nous affaiblir plus encore et nous enlever l'attachement des peuples, ils ont créé deux nouvelles Confréries qui embrassent hommes et femmes en totalité : à peine en trouve-t-on un ou une qui ne soit agrégé à celle-ci ou à celle-là. » (Lettre 37.)

Ces témoignages suffisent et au-delà pour démontrer les succès et le bien prodigieux qu'opéra dans l'Italie l'Apôtre que le Seigneur avait choisi et envoyé.

LES ANGES.

CHAPITRE IX.

Les Anges sont les envoyés ordinaires. — Les Anges Gardiens : leur fidélité, leur sollicitude. — Les païens eux-mêmes ont reconnu que chaque homme a son *Ange* : le mot de Jamblique. — Le bon et le mauvais Ange d'après la doctrine catholique. — Comment l'Ange mauvais tente l'homme. — Les secours de l'Ange fidèle. — Son intervention mystérieuse. — Le secret des heures et des circonstances. — Les actes de bonté. — Les saints Anges se manifestent dans l'Ancien comme dans le Nouveau Testament : Judith. — Les trois enfants dans la fournaise. — Daniel dans la fosse aux lions. — La naissance et la résurrection du Sauveur. — Les Apôtres. — Saint Pierre délivré. — Les entretiens de saint Jean. — Saint Laurent dans son martyre. — Le Gardien de sainte Cécile. — Le corps de sainte Catherine transporté au Sinaï. — Saint François d'Assise. — Saint Wenceslas. — L'Ange de sainte Françoise Romaine. — Amour et reconnaissance aux saints Anges. — Comment saint Antoine de Padoue entre en participation de la nature angélique et remplit les fonctions de ces Gardiens célestes. — Sa pureté. — Phénomènes de bilocation : le saint jour de Pâques, 1225, dans la cathédrale de Montpellier. — Ses avertissements mystérieux à Padoue : Levez-vous, Martin ; levez-vous, Agnès. — Le Guide du voyageur. — Le Patron des objets perdus : un billet de chemin de fer rentrant par la portière. Rira bien qui rira le dernier. — Les chaînes tombent des mains d'un prisonnier. — Des passagers délivrés d'un naufrage imminent. — L'innocence sauvegardée : un bout de papier qui pèse quatre cents écus. — Le Saint accessible à tout le monde : assauts de courtoisie de la part du Bienheureux et de la part de Bernard Colnago. — Qui des deux a le cœur dur comme une pierre ? — *Allons, mon bienheureux Antoine :* la fameuse anguille. — Comme le soleil, il rayonne, toujours, sur quelque point de la terre. — Quelle est sa place dans le Ciel ?... — Prière au grand Saint.

In tua laude sedulis,
Antoni beatissime,
Tuis acquire famulis
Dei pacem hic, ultime.
(Liturg. francisc. XIII⁰ siècl.)

Très bienheureux Antoine, accordez à vos serviteurs qui ne cessent de louer vos vertus, la paix pour le temps et pour l'éternité.

Ous les esprits célestes étant les notificateurs des pensées divines, le nom d'Ange leur est commun. A cette fonction, les Anges supérieurs ajoutent certaines prérogatives d'où ils tirent leur nom propre. Les Anges du dernier ordre de la dernière hiérarchie n'ajoutant rien à la fonction commune d'envoyés et de notificateurs, retiennent simplement le nom d'Anges. En rapport plus immédiat et plus habituel avec l'homme, ils veillent à la garde de sa double vie, et lui apportent à chaque heure, à chaque instant, les lumières, les forces, les grâces dont il a besoin depuis le berceau jusqu'à la tombe (1). Grande dignité, s'écrie saint Jérôme (2), grande dignité des âmes, puisque, dès la naissance, chacune a un Ange pour la garder ! Avant de naître, l'enfant attaché au sein maternel fait en quelque sorte partie de la mère, comme le fruit pendant à l'arbre fait encore partie de l'arbre. Il est donc probable que c'est l'Ange gardien de la mère qui garde l'enfant renfermé dans son sein, comme celui qui garde un arbre garde le fruit. Mais, par la naissance, l'enfant est-il séparé de la mère, aussitôt un Ange particulier est envoyé à sa garde.

Défendre, protéger l'homme contre les assauts du démon, est, parmi les fonctions de l'Ange gardien, l'une des principales, et la plus essentielle.

De même que, dans sa bonté infinie, DIEU a donné à chaque homme un Ange tutélaire, chargé de veiller sur lui et de le diriger vers sa fin dernière, qui est l'amour éternel du Verbe incarné, de même Satan, dans son implacable malice, députe à chaque individu un démon particulier chargé de le pervertir et de l'associer à sa haine (3).

---

1. Vig. 86.
2. In Matth. C. XVIII. — Vig. p. 86.
3. Cornelius a Lapide. In Dan. X, 13.

Cette délégation satanique n'était pas inconnue des païens : ils la regardaient même comme un fait ordinaire, sur lequel on n'élève point de doute. « Les démons, dit Jamblique, ont un chef qui préside à la génération. A chaque homme il envoie un démon particulier. A peine investi de sa mission, celui-ci découvre à son client et le culte qu'il demande, et son nom, et la manière de l'appeler. Tel est l'ordre qui règne parmi les démons (1). » Tertullien confirme, par son témoignage cet enseignement accrédité dans le paganisme. « Tous les biens, dit-il, apportés en naissant, le même démon qui les envia dès l'origine, les obscurcit maintenant et les corrompt, soit afin de nous en cacher la cause, ou de nous empêcher d'en faire l'usage convenable. En effet, quel est l'homme à qui ne soit pas attaché un démon, oiseleur des âmes, en embuscade sur le seuil même de la vie, ou appelé par toutes les superstitions qui accompagnent l'enfantement ? Tous ont l'idolâtrie pour sage-femme. *Omnes idololatria obstetrice nascuntur* (2). »

« Si l'Ange gardien de chaque homme n'est pas envoyé au hasard par la Providence de Dieu, s'il est choisi en vue des besoins particuliers de l'individu, Satan agit de même de son côté. Sans doute, il ne possède pas comme Dieu le pouvoir de lire au fond des cœurs ; mais il a mille moyens de connaître, par les signes extérieurs, les dispositions bonnes ou mauvaises de chaque homme, et il lui députe le démon qu'il faut pour le perdre. Il y

---

1. De myst. Ægypt. p. 171.
2. De anima, C. XXXIX.

en a de tous les caractères et de toutes les aptitudes, de manière à fomenter chaque passion et surtout la passion dominante (1).

« Nous devons savoir, dit Serenus, que tous les démons n'inspirent pas aux hommes les mêmes passions ; mais chaque démon est chargé d'en inspirer une en particulier. Les uns se plaisent dans les immodesties et les souillures de la volupté ; les autres dans les blasphèmes. Ceux-ci sont enclins à la colère et à la fureur ; ceux-là aiment la sombre tristesse. Il en est qui préfèrent la bonne chère et l'orgueil. Chacun travaille à jeter son vice favori dans le cœur de l'homme. »

Il procède d'abord de la manière commune et générale, présentant au fur et à mesure, et suivant les circonstances, tout ce qui peut devenir un sujet de tentation pour l'homme ; il étudie ainsi, avec une pénétration persistante, la passion dominante, ce côté faible par lequel il doit nous attaquer. « Il sait bien alors, dit saint Léon, à qui il doit présenter l'amour des richesses ; à qui, les attraits de la gourmandise ; à qui, les excitations de la luxure ; à qui, le virus de la jalousie. Il connaît celui qu'il faut troubler par le chagrin, celui qu'il faut séduire par la joie, celui qu'il faut abattre par la crainte, celui qu'il faut fasciner par la beauté. De tous, il discute la vie, démêle les sollicitudes, scrute les affections : et, où il voit la préférence de chacun, là il cherche une occasion de nuire. »

Or, cette occasion il la multiplie, il la rend fréquente comme les objets qui sont à notre usage,

---

1. Mgr Gaume. *Traité du Saint-Esprit.*

comme les personnes avec qui nous sommes en rapport, comme les lieux et les circonstances dans lesquels nous nous trouvons. « Voyez, dit saint Augustin : dans le manger, il a placé la gourmandise ; dans la génération, la luxure ; dans le travail, la paresse ; dans les richesses, l'avarice ; dans les rapports sociaux, la jalousie ; dans l'autorité, l'orgueil ; dans le cœur, les mauvaises pensées ; sur les lèvres, le mensonge ; et dans nos membres, des opérations coupables. Eveillés, il nous pousse au mal ; endormis, il nous donne des songes honteux. Joyeux, il nous porte à la dissolution ; tristes, au découragement et au désespoir. Pour tout dire, en un mot, tous les péchés du monde sont un effet de sa perversité. » (Serm. comm. IV.)

On comprend, d'après tout cela, la nécessité d'un Ange qui nous garde, et qui veille à notre conservation et à notre salut, avec non moins de sollicitude que l'ennemi ne met de fureur et de persévérance à nous perdre. Quelle reconnaissance ne devons-nous pas témoigner, quelles actions de grâces ne devons-nous pas rendre à Dieu, et pour l'honneur qu'il nous fait, et pour le bonheur insigne qu'il nous procure, en nous donnant ainsi un de ses Anges, un de ces Esprits célestes qui voient la face du Père qui est dans le ciel, avec mission de veiller sur nous, tout le temps de notre pèlerinage ? « Oui, Dieu a commandé à ses Anges de veiller sur vous ; de vous garder dans toutes vos voies. Ils vous porteront dans leurs mains de peur que vous ne heurtiez le pied contre la pierre ; sous leur protection, vous marcherez sur l'aspic et le basilic, et vous foulerez le lion et le dragon. Ils vous couvriront comme d'un bouclier ; vous n'aurez à craindre ni les terreurs de la nuit, ni la flèche qui vole pendant le jour, ni les complots qui se trament dans les ténèbres, ni les attaques du démon du midi. » « Voilà, dit le Seigneur, que j'envoie mon Ange afin qu'il vous garde pendant le voyage et qu'il vous introduise au séjour que je vous ai préparé. Ecoutez-le : soyez attentif à sa voix, ne méprisez pas ses paroles, car, il ne manquera pas de vous corriger, si vous péchez, et mon Nom est en lui. Que si vous lui obéissez, si vous faites ce que je vous dis, je serai l'ennemi de vos ennemis, et j'affligerai ceux qui vous affligent : et mon Ange vous précédera. » Grande consolation, sublime enseignement dans ces paroles, car, s'il est vrai que la malice de l'ange pervers soit effrayante, la bonté de l'Ange gardien est ravissante ; si, pour nous perdre, le pouvoir de celui-là est étonnant, la puissance de celui-ci, pour nous sauver, est encore plus grande. Ce qui n'est pas moins vrai, c'est que, si l'Ange mauvais ne nous entraîne qu'en tant que nous lui donnons notre consentement, le bon Ange, aussi, ne peut, sans le concours de notre volonté, nous faire faire le bien et éviter le mal. Cette *volonté est à nous* : *les deux* Anges se la disputent, l'un, pour notre damnation, l'autre, pour notre salut éternel ; l'un, en haine de Dieu et de nous, l'autre, par amour de nous et de Dieu. Soyons fidèles au céleste Gardien qui nous a été donné : il sera fidèle, toujours, à la mission qui lui a été confiée. Il ne nous quitte pas, même quand nous l'abandonnons : nous quitterait-il quand nous l'invoquons, et que nous lui obéissons ?... Il serait presque inutile de citer les témoignages d'amour, de sollicitude, de vigilance dont il entoure son pupille, et pour le corps et pour l'âme ; et pour les biens spirituels, et pour les biens temporels ; ils sont de tous les instants : nous ne pouvons pas en douter. Consultons notre cœur : d'un rapide coup d'œil interrogeons notre vie. « En vérité, dit un auteur aussi pieux que philosophe, c'est tout un monde que cet ensemble d'actes et d'arrangements divins par lesquels vous avez été continuellement défendue (l'âme) sans le savoir, sans le vouloir ; et, parfois, malgré vous. Reculez ou avancez, seulement d'une année, la date de votre naissance ; modifiez, tant soit peu, le milieu domestique où votre enfance s'est écoulée ; ôtez de votre vie telle rencontre, telle parole entendue, telle lecture faite, telle relation, telle amitié ; ou bien, encore, telle séparation obligée, ou tel mécompte de votre cœur ; ôtez-en telle épreuve, telle maladie ; j'oserai dire, telle faute, dont la miséricorde de DIEU a su faire pour vous un trésor d'humiliation salutaire, de saintes frayeurs, d'amendement généreux : où seraient votre piété, votre vertu, votre foi, votre innocence, et votre honneur, peut-être ? Que de fois vous étiez prête pour l'oiseleur, et l'oiseleur n'est pas venu ; et quand il est venu, c'est vous-même qui n'étiez pas prête. O secret des heures et des temps ! O merveille des coïncidences ! O prodiges des rapports qui lient les moindres événements de notre vie avec le salut de nos âmes (1) ! » Et quel est donc l'instrument, quel est donc l'agent dont se sert la bonté divine dans la conduite secrète et admirable de sa Providence sur nous ? Notre Ange gardien. Nous voyons le mal qui se fait autour de

---

1. Mgr Gay. *Vertus chrétiennes.*

nous ; mais savons-nous bien le mal qui pourrait se faire ? Nous voyons nos péchés commis ; mais ceux qui n'ont pas été commis, et qui auraient pu se commettre, telle et telle circonstance donnée ?...

« Quels sont donc ces petits êtres voltigeant partout, déridant les gens tristes, remettant les gens fâchés, arrêtant les soupirs des malades, allumant un éclair d'espoir dans l'œil du moribond, adoucissant les cœurs ulcérés, et détournant adroitement les hommes du péché? Ils sont doués d'une étrange puissance... ils se faufilent dans les cœurs de la porte desquels la grâce repoussée a dû s'en aller. Mais, à peine la porte s'est-elle ouverte pour eux, que ces petits messagers du ciel repartent, à tire d'aile, laissant entrer à leur place la grâce de DIEU qui les accompagne toujours, et qui leur donne leur amabilité (1). » Le P. Faber appelle ces êtres merveilleux, les actes de bonté. Mais qui donc suscite ces actes de bonté? qui donc les inspire? Si ce n'est pas toujours l'Ange gardien, nous pouvons dire qu'il n'y est jamais étranger. Les saints Livres, l'ancien et le nouveau Testament, l'histoire de l'Eglise nous racontent, à chaque page, quelques traits, nous apportent quelques preuves de tous ces bons offices qui entrent dans le ministère des Anges, et surtout des Anges Gardiens.

« Ils sont choisis et envoyés officiellement vers les âmes pour les aider à opérer leur salut éternel. « *Omnes sunt administratorii spiritus in ministerium missi propter eos qui hæreditatem capiunt salutis.* » Dans sa liturgie, la sainte Eglise les invoque en notre faveur : « *Sancti Angeli Custodes nostri, defen-*

---

1. P. Faber.

*dite nos in prælio ut non pereamus in tremendo judi-
cio.* Saints Anges, nos Gardiens, défendez-nous :
protégez-nous dans le combat, et que nous obtenions
grâce à l'heure terrible du jugement. » L'Ange veille
sur Agar et sur Ismaël dans le désert ; il garde
Judith, tandis qu'elle va, qu'elle vient, qu'elle
demeure, qu'elle retourne, et ne permet pas qu'elle
soit atteinte dans sa chasteté ; il se trouve avec
Ananias, Azarias et Misaël dans la fournaise ardente, en secoue la flamme, et empêche que le feu
ne leur nuise en quoi que ce soit ; il descend dans
la fosse avec Daniel, ferme la gueule des lions, et
leur défend de toucher à l'homme de DIEU, puis, il
lui transporte miraculeusement son dîner. Le nouveau Testament nous montre les Anges à la naissance et à la résurrection du Sauveur ; et pendant
sa vie publique, nous les voyons dans le désert
occupés à le servir. « Je n'aurais qu'à prier mon
Père, disait-il dans l'agonie, et il m'enverrait plus
de mille légions d'Anges. » Ils sont en rapport avec
les Apôtres, avec les premiers fidèles : l'un délivre
saint Pierre, l'autre se fait le guide de saint Phi-
lippe ; ils apparaissent à saint Jean et s'entretiennent
avec lui. Cette céleste correspondance entre les
élus de DIEU et leurs angéliques Gardiens, se continue à travers les siècles. Saint Laurent est assisté
par un Ange dans son martyre. « J'ai avec moi un
Ange, disait sainte Cécile, qui s'est fait le gardien
de ma virginité ; » le corps de sainte Catherine est
transporté et enseveli par les Anges sur le mont
Sinaï. Un Ange veille aux derniers moments de saint
Dominique. Saint François d'Assise est en rapports
fréquents avec les Anges. Le roi saint Wenceslas est

protégé par son Ange dans un combat singulier. L'Ange gardien de sainte Françoise Romaine se manifeste à elle pendant plusieurs années et sous une forme sensible. Nous pourrions multiplier ces traits. A quoi bon ? Ils augmentent, sans doute, notre confiance : mais notre foi est toujours la même. Nous croyons à la présence, à l'assistance de nos bons Anges, bien que cette figure d'ami qui jouit de la vision béatifique, se dérobe à notre vue ici-bas ; nous éprouvons les effets d'une sollicitude continuelle, bien que la main se cache pour nous obliger, pour nous servir. Grand sera notre étonnement, plus grande, encore, notre reconnaissance, lorsque, la trame de notre vie présentée à la lumière du jour, à l'éclat du grand soleil de justice, dans toutes ces coïncidences, dans tout ces détails, dans tous ces événements qui entrent dans l'économie de notre salut, et qui sont pour nous, encore, comme autant de mystères, nous reconnaîtrons la sage et aimante industrie, le travail incessant de nos Anges Gardiens.

Antoine de Padoue remplit de son vivant, et continue à remplir sur la terre, l'office des Anges Gardiens. Tout ce qui entre dans les fonctions de ces Esprits célestes, et fait partie de leur ministère en notre faveur : éclairer, guider, défendre les biens de l'âme et du corps, avertir, être aux petits soins de l'homme, est comme un héritage transmis à cet Ange humain qui vécut parmi nous. Il participe, d'ailleurs, à la nature angélique par cette pureté sans tache, à laquelle il est donné de voir Dieu autant qu'on le peut sur la terre, et qui lui mérita les caresses et la possession de l'Enfant Jésus. Puis, par ces phénomènes qu'on appelle la bilocation. Dans ces états, l'âme se dégage-t-elle momentanément de son corps, dont elle garde l'enveloppe et la forme, pour être ici, tandis que, là, se trouve le corps réel, mais, comme n'étant pas animé par l'âme ? Ou bien, se trouve-t-on en réalité, soi-même, en corps et en âme, simultanément à deux endroits à la fois? Qui peut le dire? J'ai été ravi, dit l'Apôtre, au troisième ciel : est-ce avec, ou sans le corps ? Je l'ignore : Dieu le sait. Antoine s'est trouvé en chaire, prêchant au peuple, et, en même temps, au couvent, chantant une Antienne au milieu de ses Frères.

« Le jour de Pâques de l'an 1225, il prêchait dans la cathédrale de Montpellier. Il venait de commencer son sermon, lorsqu'il se souvint qu'il avait oublié de se faire remplacer par un de ses Frères dans une fonction qu'il fallait remplir à l'heure même. C'était l'usage que les deux plus anciens religieux chantassent l'*Alleluia* à toutes les grandes messes solennelles. Il s'arrête sur-le-champ, se couvre la tête de son capuce, et se penche sur le bord de la chaire, où il reste immobile pendant quelques minutes, au grand étonnement de l'évêque, du clergé et des assistants, qui le crurent malade, ou en extase. En ce moment, Antoine se trouvait, en personne, au couvent et y chantait l'*Alleluia* au milieu du chœur. Quand le chant fut fini, il reprit ses sens, se découvrit la tête, et continua son sermon sans aucun trouble.»

A la manière des Esprits, qui communiquent sans l'aide du corps, ou avec un corps qui, par sa subtilité et son agilité, participe à la nature des esprits, le phénomène s'était accompli ; et ce phénomène, sans avoir toujours les mêmes motifs, se

renouvela dans bien des circonstances. Bien souvent, dit P. Guérin, notre Saint apparaissait dans des
lieux éloignés, *sans quitter ceux où il se trouvait.*

Comme il prêchait le Carême à Padoue, plusieurs,
disent les Bollandistes, parmi ceux qui se présen-
taient pour obtenir leur pardon, déclaraient qu'ils
avaient reçu des avertissements divins, qu'ils avaient
l'ordre de s'adresser à Antoine, et de se soumettre
en tout à ses conseils. D'autres n'hésitaient pas
d'affirmer que, pendant leur sommeil, *l'homme de*
DIEU leur avait apparu et qu'il leur avait dit :
« Levez-vous, Martin ; levez-vous, Agnès : allez
trouver le Frère, et confessez-lui le péché que vous
avez commis dans tel endroit, et que personne ne
connaît, excepté DIEU. » Autant de fois, n'est-ce
pas remplir auprès des âmes l'office d'Ange Gardien ?... Il est dit des Anges qu'ils conduisent
l'homme dans son pèlerinage terrestre, qu'ils le portent, en quelque sorte, dans leurs mains, de peur
qu'il ne heurte le pied contre la pierre. Et que de
fois *l'aimable saint Antoine s'est fait le guide du*
voyageur, son compagnon de route, soit sur terre,
soit sur mer ! tantôt, en personne, tantôt, par des
inspirations soudaines, tantôt, par des avertissements
inattendus, *tantôt, par des circonstances qu'il sus-*
cite providentiellement, et qui vous remettent sur
la bonne voie, quand on s'égare. Et que dire de ce
don permanent, universel, qu'il *possède, de faire*
retrouver les objets perdus, quand on les lui réclame ?
Ici, toute âme pourrait s'écrier, sans avoir besoin
d'emprunter le langage oratoire d'un Docteur de
l'*Université de Paris, Guillaume Pépin,* qui loue
magnifiquement saint Antoine à ce sujet : Oui, je

sais qu'il en est ainsi ; je le sais par ma propre expérience : je viens ajouter ma voix à toutes ces voix qui, depuis plus de six cents ans, et de tous les points du globe, remercient le Patron des objets perdus. Voici un trait tout récent :

« Dans un wagon de train express, une dame (nous pourrions citer son nom) se trouvait en compagnie de plusieurs voyageurs. Au bout de quatre heures de chemin, à la clarté de la lampe du compartiment, car la nuit était venue, cette dame, apercevant le billet que quelques-uns de ses compagnons portaient ostensiblement fixé dans le galon de leur chapeau, eut l'idée, bien naturelle, de s'enquérir de ce qu'était devenu le sien. Elle cherche dans son sac, dans son porte-monnaie, fouille dans ses poches : peine perdue. Le trajet à accomplir était long ; la perspective d'avoir à débourser une seconde fois le prix du voyage commençait à l'inquiéter sérieusement.

» Autour d'elle on remarque son trouble et son agitation. Elle en dit la cause. Obligeamment, ses compagnons de route se mettent en quête : on sonde tous les recoins du compartiment, mais, vainement : le billet reste introuvable.

» Alors, la dame, une bonne chrétienne, dans un mouvement de foi spontané, dit à haute voix : « Je vais faire une prière à saint Antoine de Padoue, il me fera retrouver mon billet. »

» Nous laissons à penser l'explosion d'hilarité que provoque cette exclamation ingénue.

» Quelques plaisants, avec cette urbanité qui caractérise d'ordinaire le libre-penseur, en prennent texte pour dauber la dévote et le Saint aux miracles.

« C'est ça, lui dit-on, priez saint Antoine, il vous fera passer le billet par la portière. »

» La bonne dame, très mortifiée de ces lazzis, honteuse, peut-être, d'avoir compromis le crédit du Saint devant ces railleurs, pour un cas si difficile, prend le parti de se taire et de prier dans un coin.

» On s'arrête quelques minutes à une station, puis, on repart à toute vapeur.

» En cours de route, une casquette galonnée apparaît à la portière. C'est le contrôleur qui, suivant l'usage, vient vérifier les billets.

» A cette vue, la dame se trouble de plus belle, tandis que ses compagnons, mis en gaieté par son émoi, de rééditer leurs plaisanteries de mauvais goût. Avec plus d'empressement que de conviction, la voyageuse feint de chercher son billet, et tous de dire : « Oh ! c'est fort inutile, Madame, vous n'avez pas votre billet, vous savez bien, vous l'avez perdu. »

» Sur ces mots, qu'il saisit au milieu des éclats de rire, le contrôleur intervient : « Vous avez perdu votre billet, Madame ? dit-il. Pour quelle destination s'il vous plait ? » La dame lui nomme la ville. « Rassurez-vous, Madame, ajoute le contrôleur, votre billet a été trouvé sur le quai de la gare ; on vient de le télégraphier à la dernière station. » Et lui donnant une feuille : « Voici, Madame, qui vous en tiendra lieu. »

» On devine la joie de la dame, qui remercie avec effusion le contrôleur. Il faut ajouter, pour être complet, que ses compagnons de voyage, abasourdis par ce coup de théâtre, riaient beaucoup moins. Elle se paya même la satisfaction de leur voir baisser le nez d'un air tout à fait déconfit, quand, se tournant vers eux, elle leur dit avec un sourire ironique :

« Eh bien ! Messieurs, vous avez dit vrai : saint Antoine me l'a renvoyé par la portière. » (*Annales du Tiers-Ordre Séraph.*)

Voilà des services et autres semblables que le patron des objets perdus aime à rendre journellement à ceux qui l'invoquent : ce sont les attentions délicates de l'Ange Gardien aux petits soins de l'homme.

Mais nous avons dit que les Anges Gardiens veillent aussi sur le corps et sur l'âme ; sur les biens spirituels et sur les biens temporels de leurs clients. Ainsi agit saint Antoine à l'égard de ceux qui l'invoquent, dans les circonstances critiques de la vie.

« En 1672, à Cracovie, métropole du royaume de Pologne, il délivre un prisonnier innocent et le sauve du dernier supplice. La nuit qui précédait le jour fatal, il lui apparut dans son cachot, il brisa ses fers, il arracha le pieu auquel il était attaché, et ouvrant la porte à deux battants, il lui dit . « Va trouver les juges, présente-leur ces chaînes, et dis-leur : Saint Antoine de Padoue m'envoie vers vous, afin que vous reveniez sur la sentence que vous avez prononcée contre moi. » L'innocence du condamné à mort fut révélée publiquement. On voit encore les chaînes et les menottes du prisonnier suspendues à l'autel du saint (1). »

« En 1630, ce sont des passagers sur le point de faire naufrage qu'il délivre et qu'il sauve. Le navire allait des côtes de Calabre à Naples. Il était sur le point d'être englouti par les flots, quand saint Antoine est invoqué. Tout-à-coup, il apparaît sur la poupe : « N'ayez pas peur, dit-il, laissez le navire suivre son cours, je serai avec vous. » A ces mots,

1. Analecta apud Bolland.

il disparut : le cœur revint aux matelots et la colère de la mer tomba à l'instant (1). »

« Une autre fois, il sauvegarde l'honneur d'une jeune fille dont la mère dénaturée cherchait à exploiter la beauté, au détriment de la vertu. La vierge, alarmée, vient se prosterner devant l'autel de saint Antoine (c'était au couvent de Saint-Laurent, à Naples), et le supplie de la prendre sous sa protection. Il faut ajouter que la mère avait été poussée à ces extrémités coupables par l'indigence. Tout à coup, l'image du Saint, étendant son bras, remit à la vierge à genoux une cédule, en lui ordonnant de la porter à un riche marchand qu'il lui désigna. Sur la cédule étaient écrits ces mots : « Tu donneras à la femme qui te remettra ce papier une dot en bonne monnaie d'argent qui pèsera autant que lui. Adieu. Signé : Frère Antoine. » La jeune fille, sans perdre de temps, se hâta d'aller où on l'envoyait : elle remit la cédule, en disant de quelle part, et dans quel lieu la scène s'était passée. Le marchand la regarda, il fut frappé de sa beauté, et ne savait trop que croire. Il soupçonna qu'il avait affaire à une jeune fille perdue, qui cherchait à lui extorquer de l'argent. Cependant, il lui répondit : « Ou bien celui qui veut vous épouser avec une dot aussi modique est un libertin, ou bien il vous aime à la folie. Quoi qu'il en soit, je veux faire, en l'honneur de saint Antoine, tout ce que vous me demandez en son nom. » Alors, il prit la cédule, il la jeta dans un plateau de la balance, tandis qu'il posait sur l'autre quelques petites pièces d'argent ; mais ces pièces ne furent pas suffisantes pour enlever la cédule, il fut

1. Analecta apud Bolland.

obligé d'y verser jusqu'à quatre cents écus. A la vue de ce prodige, le marchand se souvint qu'il avait fait vœu d'offrir au Saint une lampe d'argent d'un prix égal à cette somme. Bonne leçon : la jeune fille emporta les quatre cents écus, le cœur rempli de reconnaissance pour le Saint (1). »

On pourrait citer, à la suite, d'innombrables traits; et, certainement, tous ne sont pas inscrits dans l'histoire ; il est des âmes, en grand nombre, qui sont témoins, qui sont privilégiées, qui ont reçu tant et tant de faveurs, et qui se taisent dans l'amour, les larmes et l'étonnement !...

Il nous reste à parler de la condescendance tout à fait aimable et engageante avec laquelle Antoine de Padoue reçoit ses clients, et de la familiarité, vraiment surprenante, dont ces derniers usent avec leur Patron. Peut-être y trouverons-nous un trait de plus de conformité avec la patience, tout à fait admirable, des Anges Gardiens pour leurs pupilles, et de l'abandon confiant de ces derniers à leurs guides célestes.

«Pendant sa vie d'ailleurs, saint Antoine était populaire, accessible à tous; il inspirait plus d'affection que de crainte. Après sa mort rien n'est changé : tout se passe dans ses sanctuaires comme s'il était vivant; il donne ses audiences : on lui parle, et il répond (2). »

On lit donc dans le Recueil des Bollandistes, qu' « un certain nommé Colnago, P. Bernard, religieux de Sainte-Agathe, avait un culte spécial pour le grand thaumaturge. On ne savait vraiment qu'admirer le plus, ou de la confiance filiale du client pour son patron, ou de la simplicité du patron pour son client : ils semblaient être en famille.

---

1. Analecta apud Bolland. — 2. P. At. *Hist. de S. Antoine.*

Colnago a raconté que, plusieurs fois, saint Antoine lui était apparu, plus beau que la langue humaine ne saurait l'exprimer, entouré d'un nimbe de lumière, et que, s'étant approché de lui, il l'avait embrassé, le gardant plusieurs instants pressé contre son cœur... De son côté, il en était aux petites attentions avec son céleste ami. Aussi souvent qu'il le pouvait, il allait visiter avec piété son tombeau et vénérer ses reliques ; il célébrait ses louanges en vers afin de lui gagner des âmes et d'augmenter sa gloire ; il n'entreprenait aucun voyage sans aller le saluer très tendrement dans ses temples ; il lui portait des bouquets de fleurs ; il versait ses chagrins et ses larmes dans son sein ; il poussait des plaintes à ses pieds. Il avait toujours sur lui des feuilles de papier, pour rédiger les suppliques qu'il lui adressait en son nom et au nom de ceux qui venaient réclamer sa protection. Il était devenu comme le postulateur des causes de ses concitoyens et le secrétaire des commandements de S. Antoine.

» Colnago se fâchait quelquefois contre son céleste ami. Un jour, comme il tardait à lui accorder une grâce, il envoya un petit clerc dans son église, en lui remettant une pierre dans la main : « Va, lui dit-il, chez saint Antoine, et parle-lui ainsi : Le Père Bernard prétend que vous avez le cœur plus dur que cette pierre, car vous ne lui avez pas encore accordé le bienfait qu'il attend de vous. L'amour se prouve par les œuvres : pourquoi donc un si cruel délai alors que le secours presse ?.» Tandis que le petit enfant s'acquittait de la commission, après avoir déposé la pierre sur l'autel, comme on le lui avait ordonné, il vit, au-dessus du

Tabernacle, un Franciscain qui souriait avec une gravité tempérée par quelque chose de caressant ; ce Franciscain lui dit : «Voilà ta pierre, retourne vers le Père Bernard, et déclare-lui de ma part qu'il a une pierre à la place du cœur, car, après l'expérience qu'il a faite de ma bienveillance, il n'a pas pu se persuader que la grâce qu'il sollicite est déjà accordée depuis longtemps. » Colnago, ayant reçu cet avis, demanda pardon au Saint, et s'accusa d'avoir une foi trop tardive, et les rapports entre les deux amis n'en furent que meilleurs. »

Un dernier trait, plus gracieux encore, va nous montrer à quel point de familiarité vivaient les deux amis.

« Des pêcheurs se trouvaient sur le bord de la mer de Sicile, sur un point de la plage où d'ordinaire on prenait beaucoup d'anguilles. Colnago survenant leur demanda si la pêche était abondante. Ils lui répondirent : « Nous avons pris beaucoup de poissons, mais pas une seule anguille. » Aussitôt, il saisit le premier hameçon qui lui tomba sous la main, et le jeta à la mer en disant : « Allons, mon bienheureux Antoine, amenez-moi une bonne anguille du fond de l'océan. » Il n'avait pas fini de parler, qu'une anguille avait mordu à l'hameçon ; mais elle était petite. En la voyant, Colnago se mit à rire, et ajouta sur un ton badin : « Qu'est-ce que c'est, mon cher Antoine ? Vous me donnez du fretin, non pas un poisson. Le présent n'est pas digne de votre magnificence accoutumée : vos bienheureuses mains sont ordinairement fécondes ; je vous le rends. Parce que celui-ci ne suffit pas pour tant de monde, je vous conjure de m'en accorder un plus gros. » Aussitôt il jeta le poisson et l'hameçon dans la mer, et sa prière fut exaucée. Comme si la puissance de Dieu et de ses saints était à ses ordres, il amena une anguille d'un poids extraordinaire... ce qui réjouit beaucoup les pêcheurs. »

Colnago est ici plus qu'un homme : il représente les nations, tous ceux qui connaissent les bontés de saint Antoine, tous ceux qui veulent en faire la douce expérience.

Ainsi, dit un auteur, il se joue dans l'espace et les siècles, toujours Apôtre, comme si les joies du Paradis ne lui suffisaient pas, aussi longtemps qu'il y a sur la terre des infirmités à soulager, des larmes à sécher, des âmes à sauver, des patries à restaurer, et l'Eglise dont il faut préparer les triomphes. Il va sans dire que toutes les manifestations de saint Antoine ne sont pas consignées dans l'histoire. Tant qu'un astre est sur l'horizon, on peut, à la faveur des rayons qu'il projette, préciser le point qu'il occupe, décrire son mouvement, et mesurer, par approximation, les effets qu'il produit. Mais quand il quitte notre sphère bornée, pour s'enfoncer dans l'immensité des cieux, qui peut le suivre ? Qui dira où il va, et quel monde nouveau il éclaire ?

Cependant personne ne doute qu'après nous avoir visités, il n'aille en réjouir d'autres auxquels il porte les mêmes bienfaits (1).

Et dans le Ciel, ô grand S. Antoine, quelle est donc votre place ? à quel rang, à quel chœur, à quelle hiérarchie angélique appartenez-vous, vous qui semblez avoir revêtu, et comme concentré les propriétés de ces Esprits célestes, et en exercez les ministères auprès des hommes ? Secret de Dieu qui nous sera révélé un jour.

1. P. At. *Hist. de S. Ant.*

O saint Antoine, Séraphin par l'amour ; Chérubin par la science ; Trône par la puissance, soutenez notre faibleste ; éclairez notre ignorance : communiquez-nous votre tendresse pour ce Jésus qui repose dans vos bras. A l'exemple des Dominations, dont l'autorité dirige, selon les vues de Dieu, les événements et les hommes ; des Principautés, qui ont sous leur protection les royaumes, les villes, les peuples ; des Puissances, qui renversent les obstacles que les forces de l'enfer opposent à l'œuvre de Dieu et de l'Egi..e, dirigez vous-même, pour notre plus grand bien, les vicissitudes que nous traversons ici-bas : prenez sous votre tutelle les provinces, les Etats catholiques, cette France, surtout, qui vous est si chère ; notre Ordre, qui est le vôtre, nos Communautés, où l'on vous invoque ; détournez ces Puissances du mal qui nous font la guerre, et dont votre Apostolat a si bien réprimé l'audace, et paralysé les efforts.

Soyez toujours pour nous, cette Vertu qui se traduit par des miracles, non moins étonnants que nombreux, non moins bienfaisants qu'universels ; soyez l'Archange de la bonne nouvelle pour tant d'âmes qui sont dans l'ombre de la mort, dans la nuit de l'erreur, dans l'abime de la tristesse et du deuil ; soyez notre Ange, notre Ange Gardien : veillez sur nous, protégez-nous, conduisez-nous à travers le voyage de la vie jusqu'à la Patrie bienheureuse, où nous vous adresserons le merci éternel de notre reconnaissance.

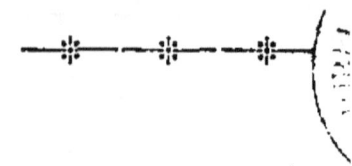

TABLE DES MATIÈRES

CHAPITRE IV.
Les Dominations.

CHAPITRE V.
Les Principautés.

CHAPITRE VI.
Les Puissances.

CHAPITRE VII.
Les Vertus.

CHAPITRE VIII.
Les Archanges.

CHAPITRE IX.

Les Anges.

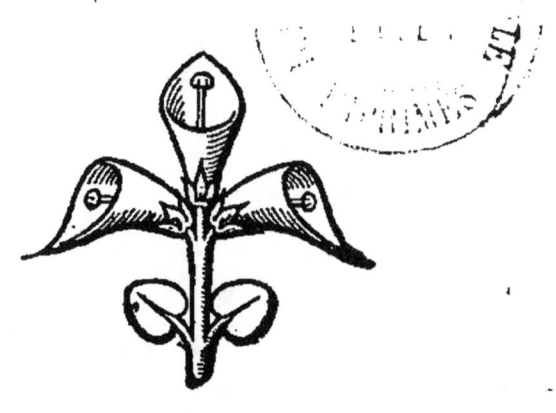

Imprimerie Desclée de Brouwer et Cie 41, rue du Metz. Lille.

www.ingramcontent.com/pod-product-compliance
Lightning Source LLC
Chambersburg PA
CBHW070842030726
47504CB00005B/1189